W0250968

FOCUS

Sienna #1

Université de Yale... Licence en crimes...

Scénario

Stephen DESBERG & FILMORE

Dessins

CHETVILLE

Couleurs

Tom BOA

FOCUS

Couleurs de couverture : Cyril Saint Blancat

http://www.angle.fr

116, rue des Jonchères - BP 3
71012 CHARNAY-LÈS-MÂCON cedex
Tél. : 03 85 34 99 09 - Fax : 03 85 34 47 55
Site Web : www.bamboo.fr
e-mail : bamboo@bamboo.fr

Dépôt légal : octobre 2008
ISBN : 978-2-35078-496-0

Imprimé en France
Printed in France by PPO Graphic, 91120 Palaiseau

LA PAZ, CAPITALE LA PLUS ÉLEVÉE DU MONDE. TROIS HEURES DU MATIN.

makita
Por un Mejor Futuro
EL BARON
PACENA
ASESINO DEL PUEBLO
PEDRO, TU EXAGÈRES...
UN, DEUX, TROIS...
BAM!
2

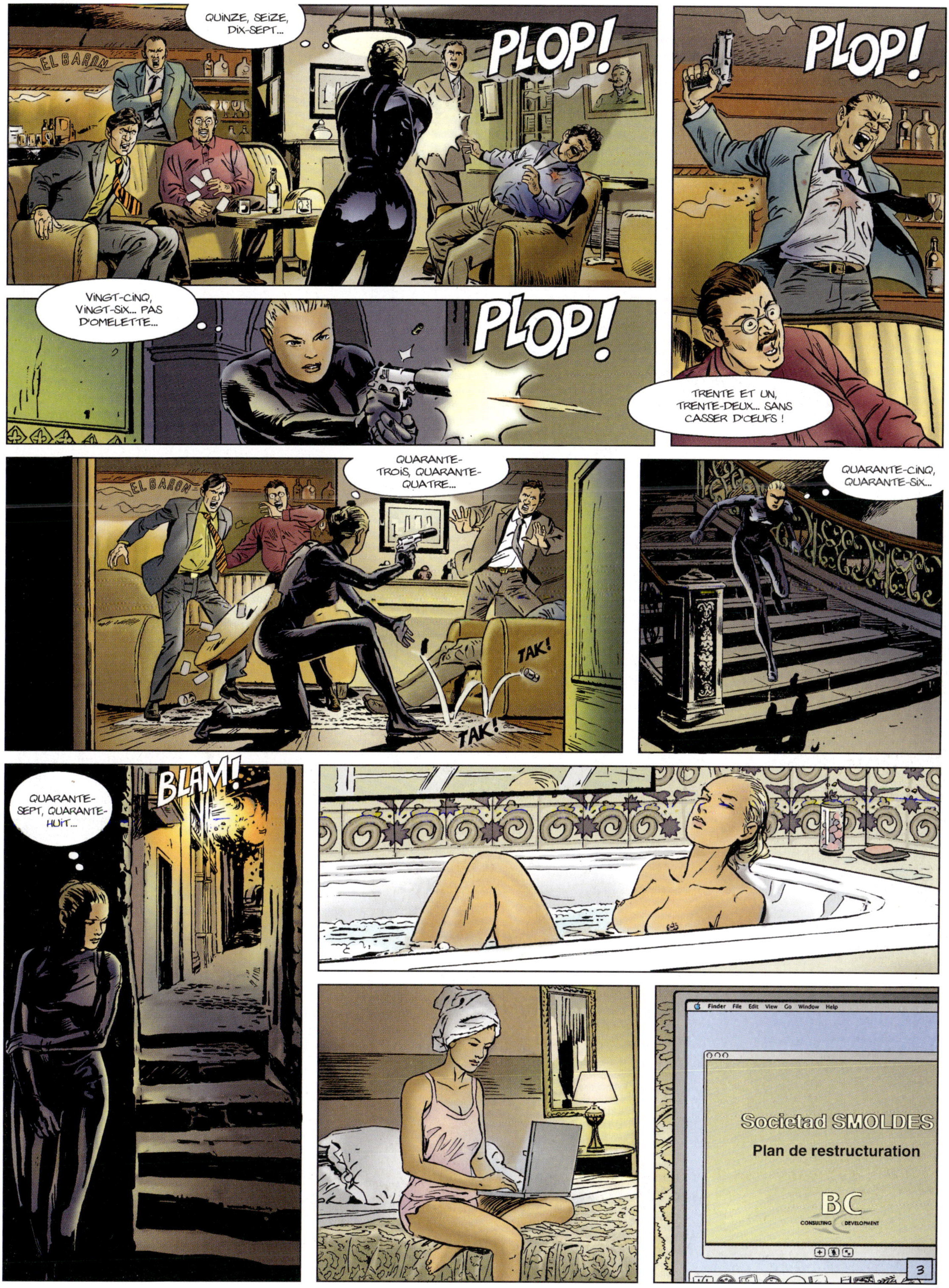
QUINZE, SEIZE, DIX-SEPT...
PLOP!
PLOP!
VINGT-CINQ, VINGT-SIX... PAS D'OMELETTE...
PLOP!
TRENTE ET UN, TRENTE-DEUX... SANS CASSER D'OEUFS !
QUARANTE-TROIS, QUARANTE-QUATRE...
TAK!
TAK!
QUARANTE-CINQ, QUARANTE-SIX...
QUARANTE-SEPT, QUARANTE-HUIT...
BLAM!
Societad SMOLDES
Plan de restructuration
BC
3

DOWNTOWN, LA PAZ.
SONY
8H00 DU MATIN.
SMOLDES
JE SUIS ICI POUR VOUS PRÉSENTER LE PLAN DE RESTRUCTURATION QUE NOUS ALLONS METTRE EN PLACE. COMME VOUS LE SAVEZ, BRAIN CAPITAL A PRIS LE CONTRÔLE DE VOTRE SOCIÉTÉ AFIN D'ASSURER SON DÉVELOPPEMENT.
BRAIN CAPITAL ENTEND DÉGAGER UNE FORTE PLUS-VALUE DE CET INVESTISSEMENT. CELA VA NÉCESSITER QUELQUES SACRIFICES.
Economic growth
GDP, percent change
1980
1990
2000
UN, DEUX...
BEAUCOUP DE POSTES VONT DEVOIR ÊTRE SUPPRIMÉS.
LES SALAIRES VONT ÊTRE REVUS À LA BAISSE.
DIX, ONZE...
L'ACTIVITÉ DE DISTRIBUTION AUPRÈS DES REVENDEURS VA DEVOIR ÊTRE SUPPRIMÉE. DÉSOLÉE, MONSIEUR MARTINEZ. JE VAIS DEVOIR VOUS DEMANDER DE REMETTRE VOTRE DÉMISSION IMMÉDIATEMENT.
VINGT ET UN, VINGT-DEUX... PAS D'OMELETTE...
4

COMMENT OSEZ-VOUS ? J'AI TRENTE ANS DE MAISON, ET...
QUARANTE-TROIS, QUARANTE-QUATRE... SANS CASSER D'OEUFS !
EN CE QUI VOUS CONCERNE, RASSUREZ-VOUS.
VOUS AUREZ L'OPPORTUNITÉ DE PRENDRE DES PARTS. ET, SI VOUS EXÉCUTEZ À LA LETTRE NOS INSTRUCTIONS, VOUS POURREZ ESPÉRER MULTIPLIER PAR DIX OU PLUS VOTRE APPORT.
CINQUANTE-NEUF, SOIXANTE.
ET ENFIN, REMERCIANT LE GRAND FRÈRE AMÉRICAIN POUR SA VOLONTÉ DE VENIR EN AIDE AUX SOCIÉTÉS DE NOTRE PAYS EN DIFFICULTÉ...
PERMETTEZ-MOI DE VOUS REMETTRE LES CLÉS DE LA VILLE DE LA PAZ...
CE QU'ON APPELLE LA CLEF SOUS LE PAILLASSON !
5

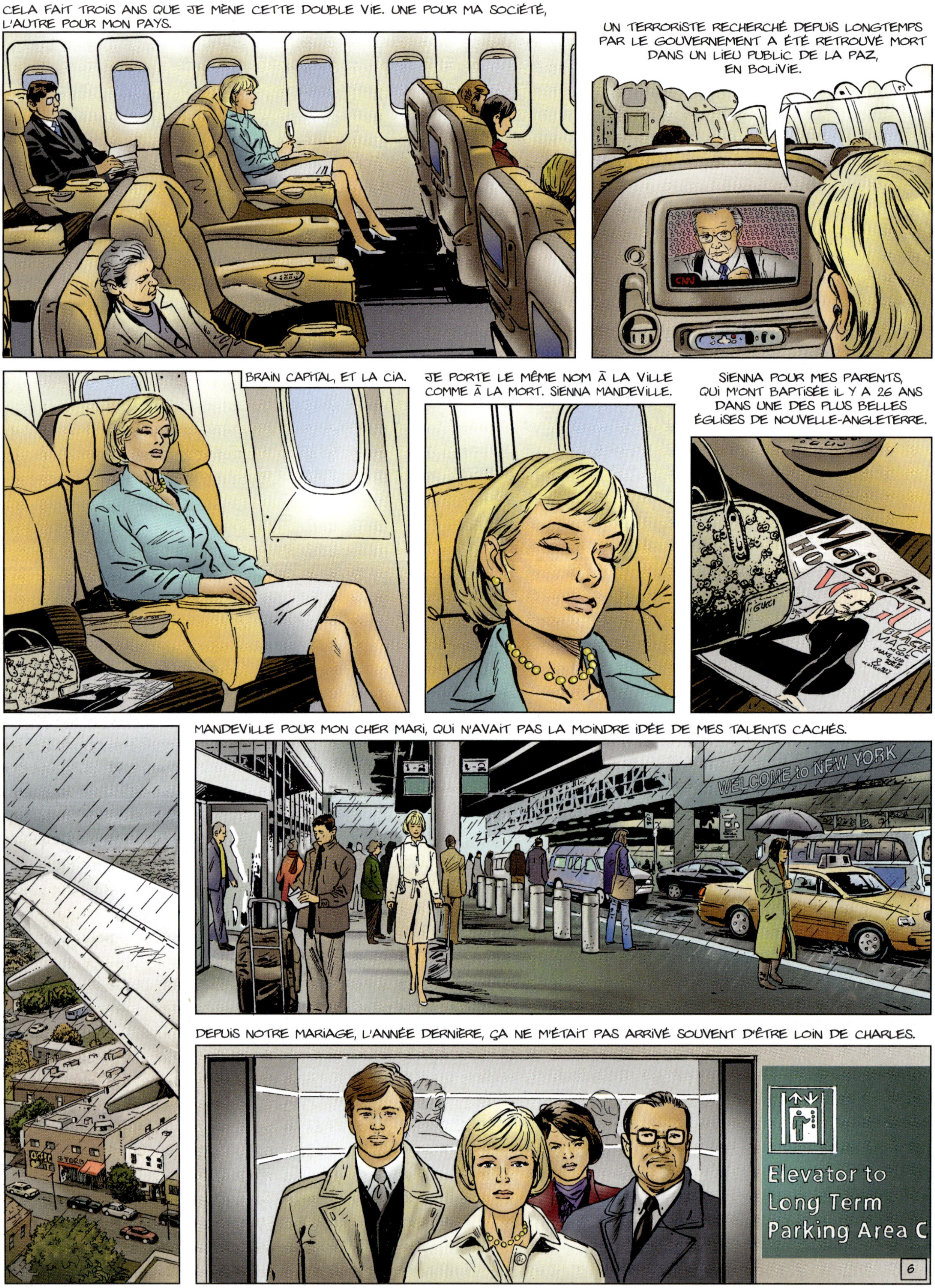

CELA FAIT TROIS ANS QUE JE MÈNE CETTE DOUBLE VIE. UNE POUR MA SOCIÉTÉ, L'AUTRE POUR MON PAYS.
UN TERRORISTE RECHERCHÉ DEPUIS LONGTEMPS PAR LE GOUVERNEMENT A ÉTÉ RETROUVÉ MORT DANS UN LIEU PUBLIC DE LA PAZ, EN BOLIVIE.
BRAIN CAPITAL, ET LA CIA.
JE PORTE LE MÊME NOM À LA VILLE COMME À LA MORT. SIENNA MANDEVILLE.
SIENNA POUR MES PARENTS, QUI M'ONT BAPTISÉE IL Y A 26 ANS DANS UNE DES PLUS BELLES ÉGLISES DE NOUVELLE-ANGLETERRE.
MANDEVILLE POUR MON CHER MARI, QUI N'AVAIT PAS LA MOINDRE IDÉE DE MES TALENTS CACHÉS.
WELCOME to NEW YORK
DEPUIS NOTRE MARIAGE, L'ANNÉE DERNIÈRE, ÇA NE M'ÉTAIT PAS ARRIVÉ SOUVENT D'ÊTRE LOIN DE CHARLES.
Elevator to
Long Term
Parking Area C
6

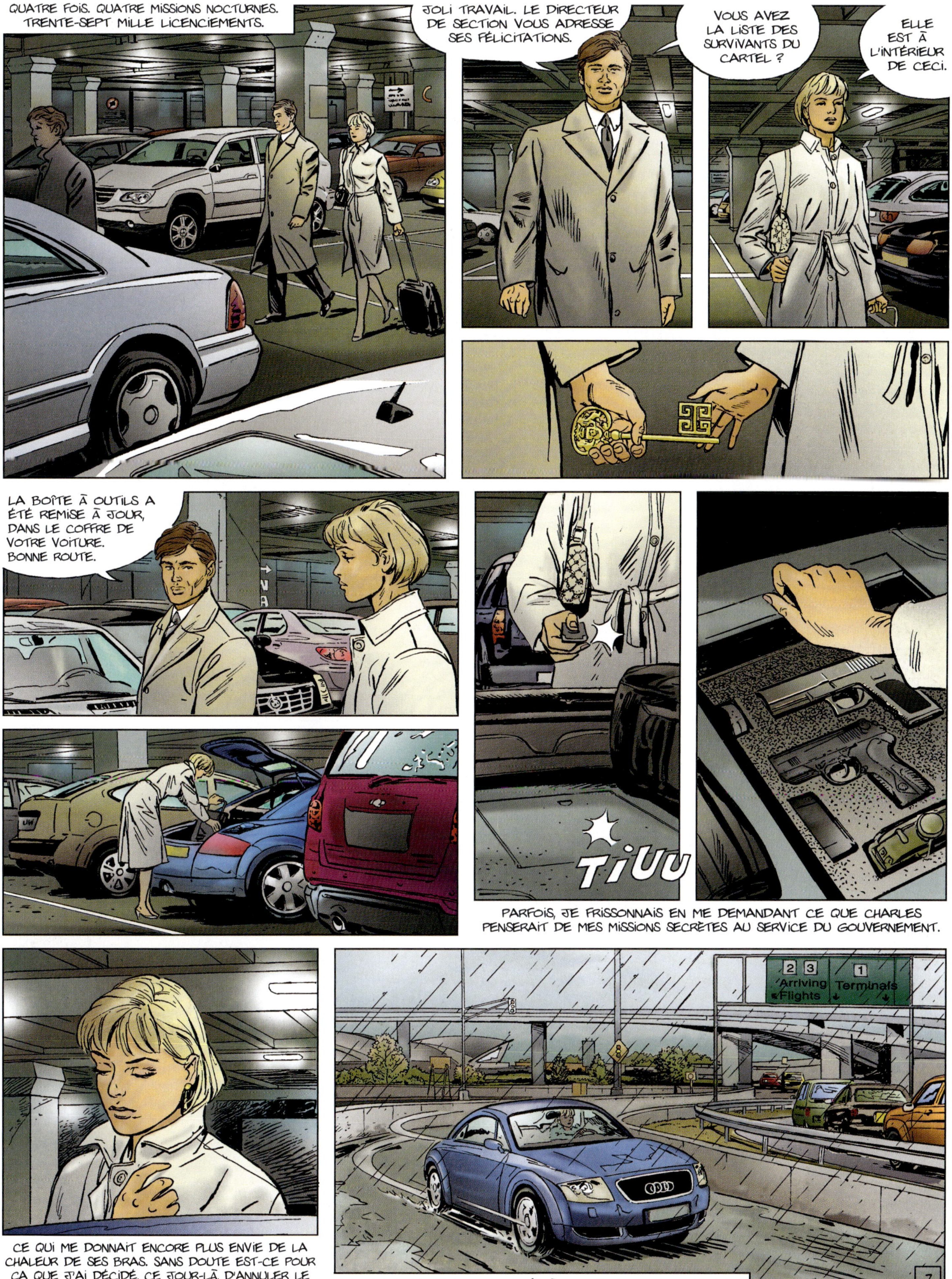
QUATRE FOIS. QUATRE MISSIONS NOCTURNES. TRENTE-SEPT MILLE LICENCIEMENTS.
JOLI TRAVAIL. LE DIRECTEUR DE SECTION VOUS ADRESSE SES FÉLICITATIONS.
VOUS AVEZ LA LISTE DES SURVIVANTS DU CARTEL ?
ELLE EST À L'INTÉRIEUR DE CECI.
LA BOÎTE À OUTILS A ÉTÉ REMISE À JOUR, DANS LE COFFRE DE VOTRE VOITURE. BONNE ROUTE.
TIUU
PARFOIS, JE FRISSONNAIS EN ME DEMANDANT CE QUE CHARLES PENSERAIT DE MES MISSIONS SECRÈTES AU SERVICE DU GOUVERNEMENT.
CE QUI ME DONNAIT ENCORE PLUS ENVIE DE LA CHALEUR DE SES BRAS. SANS DOUTE EST-CE POUR ÇA QUE J'AI DÉCIDÉ, CE JOUR-LÀ, D'ANNULER LE PASSAGE À MON BUREAU, À MANHATTAN.
2 3 Arriving Flights
1 Terminals
POUR POUVOIR RENTRER PLUS TÔT À LA MAISON. NOTRE MAISON !
7

UN TOAST À NOTRE VICTOIRE !
NOUS FÊTIONS L'ACQUITTEMENT D'UN CLIENT AU RESTAURANT EN FACE DU CABINET.
LA PARTIE CIVILE N'Y EST PAS ALLÉE AVEC LE DOS DE LA CUILLÈRE, QUESTION BONIMENTS DE DROITE !
TU PEUX LE DIRE ! ET QUE JE TE DONNE DANS LE POLITIQUEMENT CORRECT, ET QUE JE TE RESSORS LA SÉRÉNADE DU PATRIOTISME, DES "VRAIES" VALEURS MENACÉES PAR LA VILAINE GAUCHE SUBVERSIVE !
CETTE LAMENTABLE DROITE RÉACTIONNAIRE S'OCTROIE LE MONOPOLE DE LA MORALE, DU BON DROIT.
REMETTEZ-NOUS UNE AUTRE BOUTEILLE DE OPUS ONE, S'IL VOUS PLAÎT !
OK, CERTAINS DE NOS CLIENTS NE SENTENT PAS TOUJOURS TRÈS BON. D'ACCORD, ON DÉFEND À L'OCCASION DES TUEURS ET DES TRAFIQUANTS... MAIS...
... C'EST GRÂCE À ÇA QU'ON A L'ARGENT POUR AIDER CEUX QUI N'EN ONT PAS !
AH ! SAINTE GABRIELLE, MÈRE DE TOUS LES MALHEUREUX, VEILLEZ SUR NOUS !
TU AS SÛREMENT RAISON, GABRIELLE. NOUS, NOUS SOMMES LES BONS. EUX SONT LES MAUVAIS. ÇA FAIT DU BIEN DE SE DIRE ÇA DE TEMPS EN TEMPS !
RIEN N'ÉTAIT PRÉMÉDITÉ. CE N'EST PAS MON GENRE, DE PRÉMÉDITER AVEC LES HOMMES.
8

MAIS IL M'ÉTAIT ÉVIDEMMENT IMPOSSIBLE DE NE PAS LE RECONNAÎTRE.
POUR LE RESTE... DISONS QUE JE L'AVAIS TOUJOURS TROUVÉ SÉDUISANT. PAS EXCEPTIONNEL, MAIS... OUI, SÉDUISANT.
BREF, CHARLES MANDEVILLE M'A RECONNUE, LUI AUSSI. IL S'EST MIS À ME DRAGUER ET...
... J'AI ACCEPTÉ L'INVITATION.
IL Y A DÉJÀ SI LONGTEMPS QUE J'AVAIS ENVIE DE MIEUX VOUS CONNAÎTRE, GABRIELLE.
The Beam
UNE ENVIE GRANDISSANTE DE PARLER DE CERTAINS POINTS DÉLICATS DE JURISPRUDENCE, PEUT-ÊTRE ?
UN DÉSIR IRRÉSISTIBLE DE BRISER AVEC VOUS TOUS LES CODES !
DÉSIR. HÂTE. URGENCE. ON Y EST ALLÉS.
9

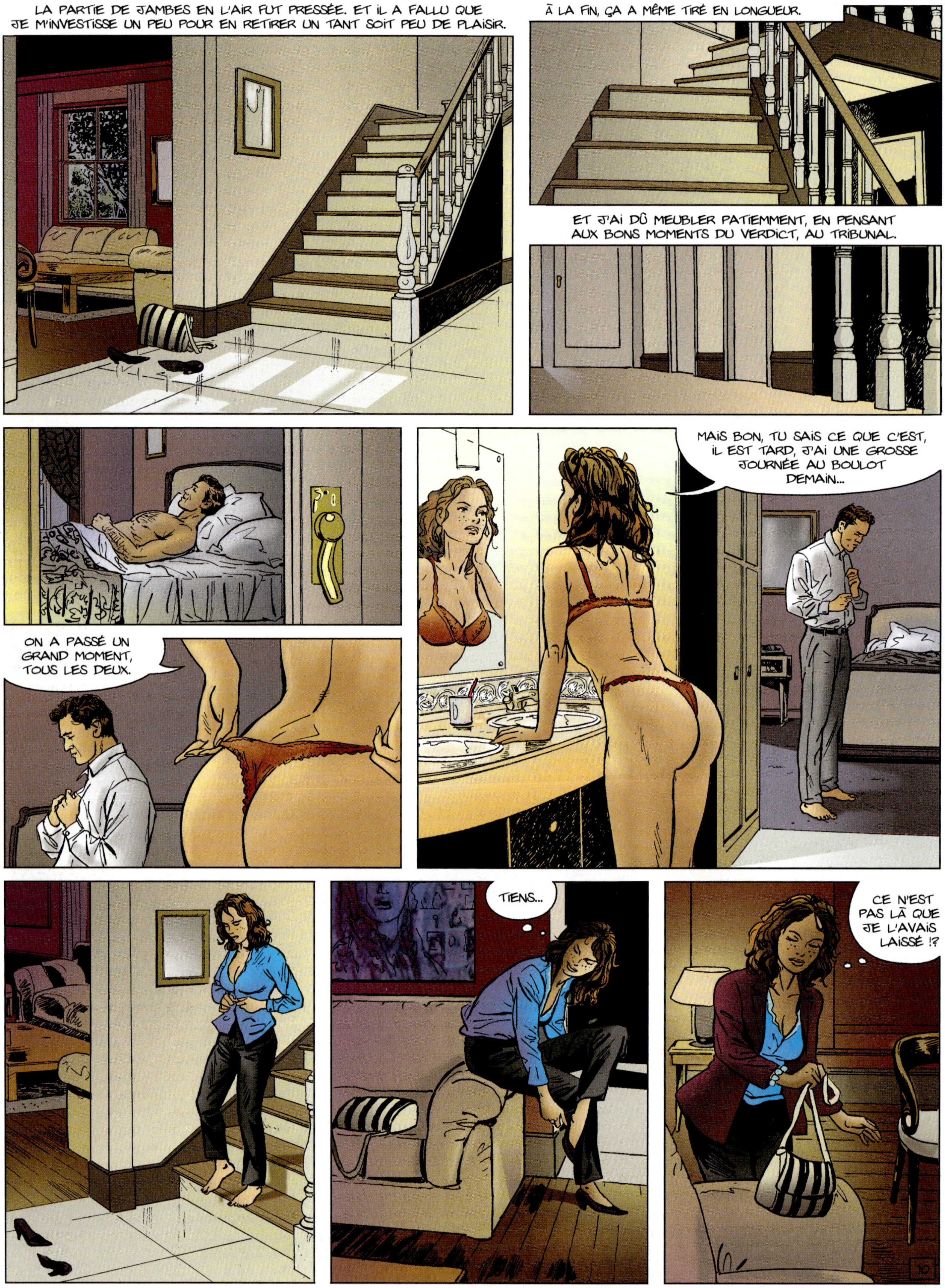
LA PARTIE DE JAMBES EN L'AIR FUT PRESSÉE. ET IL A FALLU QUE JE M'INVESTISSE UN PEU POUR EN RETIRER UN TANT SOIT PEU DE PLAISIR.
À LA FIN, ÇA A MÊME TIRÉ EN LONGUEUR.
ET J'AI DÛ MEUBLER PATIEMMENT, EN PENSANT AUX BONS MOMENTS DU VERDICT, AU TRIBUNAL.
ON A PASSÉ UN GRAND MOMENT, TOUS LES DEUX.
MAIS BON, TU SAIS CE QUE C'EST, IL EST TARD, J'AI UNE GROSSE JOURNÉE AU BOULOT DEMAIN...
TIENS...
CE N'EST PAS LÀ QUE JE L'AVAIS LAISSÉ !?

NON, JE N'AVAIS PAS LAISSÉ MON SAC SUR LE DIVAN. MON SAC AVEC MES AFFAIRES. ET SURTOUT, MON ADRESSE !
J'AURAIS DÛ PLUS M'EN INQUIÉTER. MAIS BON... J'AVAIS LA TÊTE AILLEURS.
CHARLES MANDEVILLE ! LE MARI DE LA MERVEILLEUSE, L'ADMIRABLE SIENNA ! LE COUPLE PEOPLE QUE TOUT LE MONDE ENVIE !
EXACTEMENT CE QUE JE DÉTESTE LE PLUS DANS CETTE AMÉRIQUE À DEUX VITESSES.
DES RÉPUBLICAINS BIEN-PENSANTS, GAVÉS DE VALEURS ET DES MANNES D'ARGENT DE PARENTS...
... AUSSI RÉPUBLICAINS ET BIEN-PENSANTS QU'EUX !
?!?
CHTAK !

ÇA FAIT COMBIEN D'ANNÉES, GABRIELLE ? TROIS ANS ?
TU NE PEUX PAS SAVOIR À QUEL POINT TU NE M'AS PAS MANQUÉ !
TU N'AS PAS IDÉE...
... À QUEL POINT C'EST RÉCIPROQUE !
HA?!
AA!
OUCH!
12

À L'HEURE QU'IL EST, L'AVION DE SIENNA DOIT S'ÊTRE POSÉ À JFK.
TIIT TIIT
L'OPÉRATION EST CONFIRMÉE POUR CE SOIR. VOUS POUVEZ LANCER LA PROCÉDURE !
JE NE PEUX PLUS RECULER, SIENNA. JE SUIS DÉSOLÉ.
ÇA M'ARRIVE DE TE TROMPER. MAIS JE CROIS QUE TU SAIS QUE JE T'AIME VRAIMENT. À MA MANIÈRE.
BLIP BLIP
MAINTENANT, À NOUS DEUX DE NOUS EXPLIQUER, CHARLES...
S'IL N'Y AVAIT PAS CE STUPIDE BLEU SUR MON VISAGE, JE DIRAIS PRESQUE QUE JE ME SUIS PLUS AMUSÉE AVEC TOI QU'AVEC TON MARI, SIENNA.
FRANCHEMENT, TU PEUX TE LE GARDER !
OUI, JE COMPRENDS. HERITAGE HOTEL, CHAMBRE 352. JE M'EN CHARGE. CE SERA FAIT !

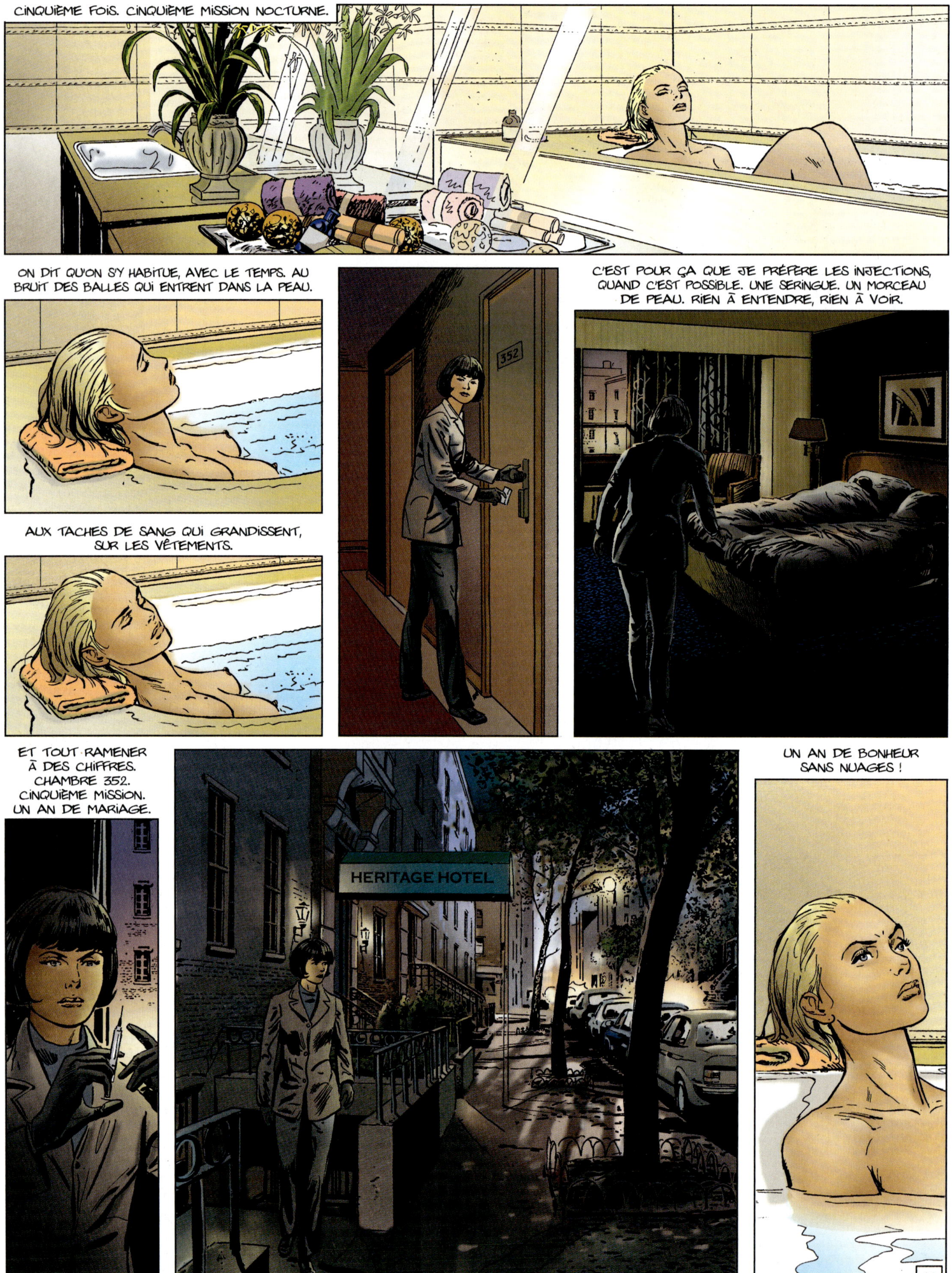
CINQUIÈME FOIS. CINQUIÈME MISSION NOCTURNE.
ON DIT QU'ON S'Y HABITUE, AVEC LE TEMPS. AU BRUIT DES BALLES QUI ENTRENT DANS LA PEAU.
AUX TACHES DE SANG QUI GRANDISSENT, SUR LES VÊTEMENTS.
352
C'EST POUR ÇA QUE JE PRÉFÈRE LES INJECTIONS, QUAND C'EST POSSIBLE. UNE SERINGUE. UN MORCEAU DE PEAU. RIEN À ENTENDRE, RIEN À VOIR.
ET TOUT RAMENER À DES CHIFFRES. CHAMBRE 352. CINQUIÈME MISSION. UN AN DE MARIAGE.
HERITAGE HOTEL
UN AN DE BONHEUR SANS NUAGES !
14

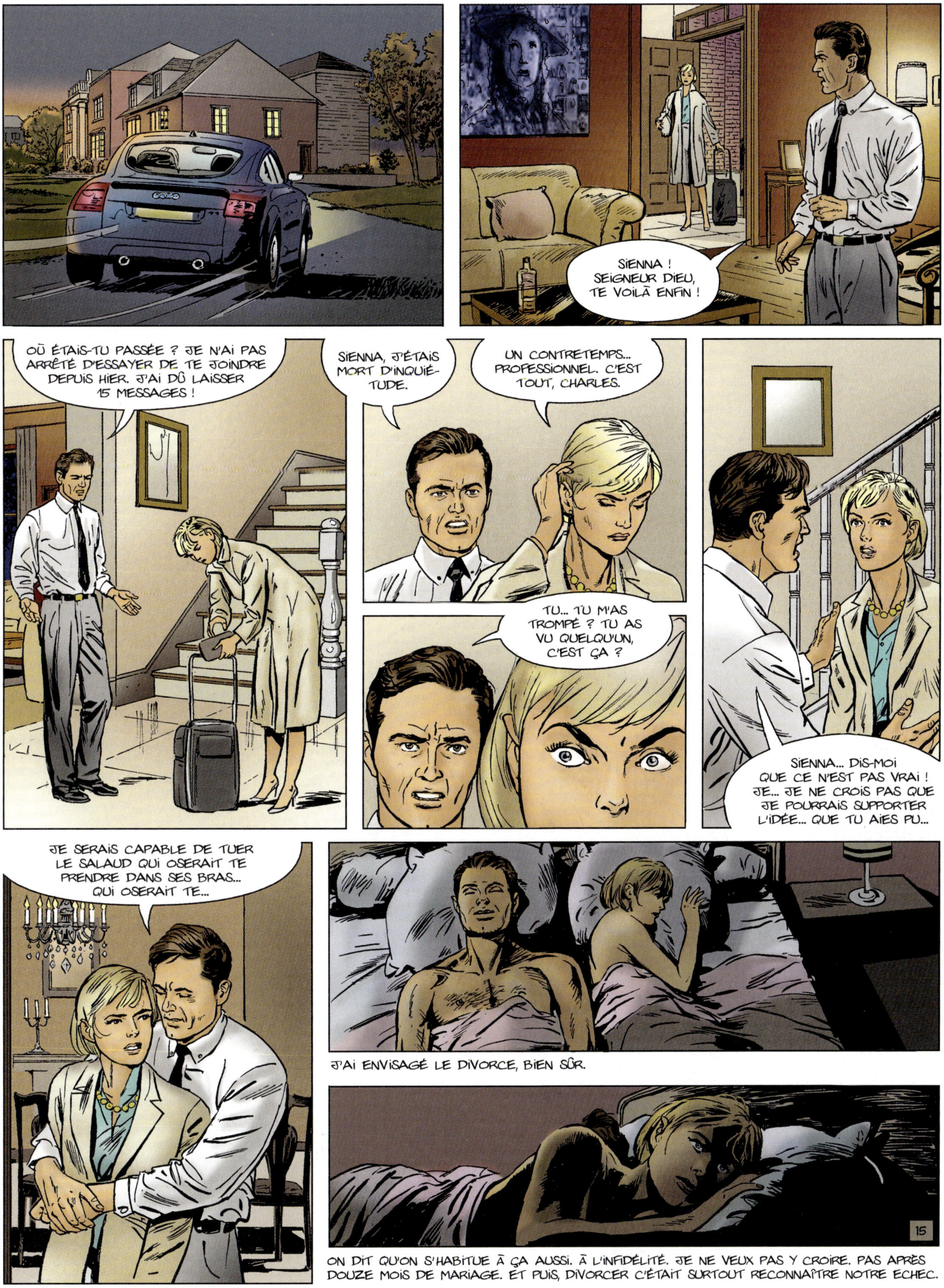

SIENNA ! SEIGNEUR DIEU, TE VOILÀ ENFIN !
OÙ ÉTAIS-TU PASSÉE ? JE N'AI PAS ARRÊTÉ D'ESSAYER DE TE JOINDRE DEPUIS HIER. J'AI DÛ LAISSER 15 MESSAGES !
SIENNA, J'ÉTAIS MORT D'INQUIÉTUDE.
UN CONTRETEMPS... PROFESSIONNEL. C'EST TOUT, CHARLES.
TU... TU M'AS TROMPÉ ? TU AS VU QUELQU'UN, C'EST ÇA ?
SIENNA... DIS-MOI QUE CE N'EST PAS VRAI ! JE... JE NE CROIS PAS QUE JE POURRAIS SUPPORTER L'IDÉE... QUE TU AIES PU...
JE SERAIS CAPABLE DE TUER LE SALAUD QUI OSERAIT TE PRENDRE DANS SES BRAS... QUI OSERAIT TE...
J'AI ENVISAGÉ LE DIVORCE, BIEN SÛR.
15
ON DIT QU'ON S'HABITUE À ÇA AUSSI. À L'INFIDÉLITÉ. JE NE VEUX PAS Y CROIRE. PAS APRÈS DOUZE MOIS DE MARIAGE. ET PUIS, DIVORCER C'ÉTAIT SURTOUT RECONNAÎTRE NOTRE ECHEC.

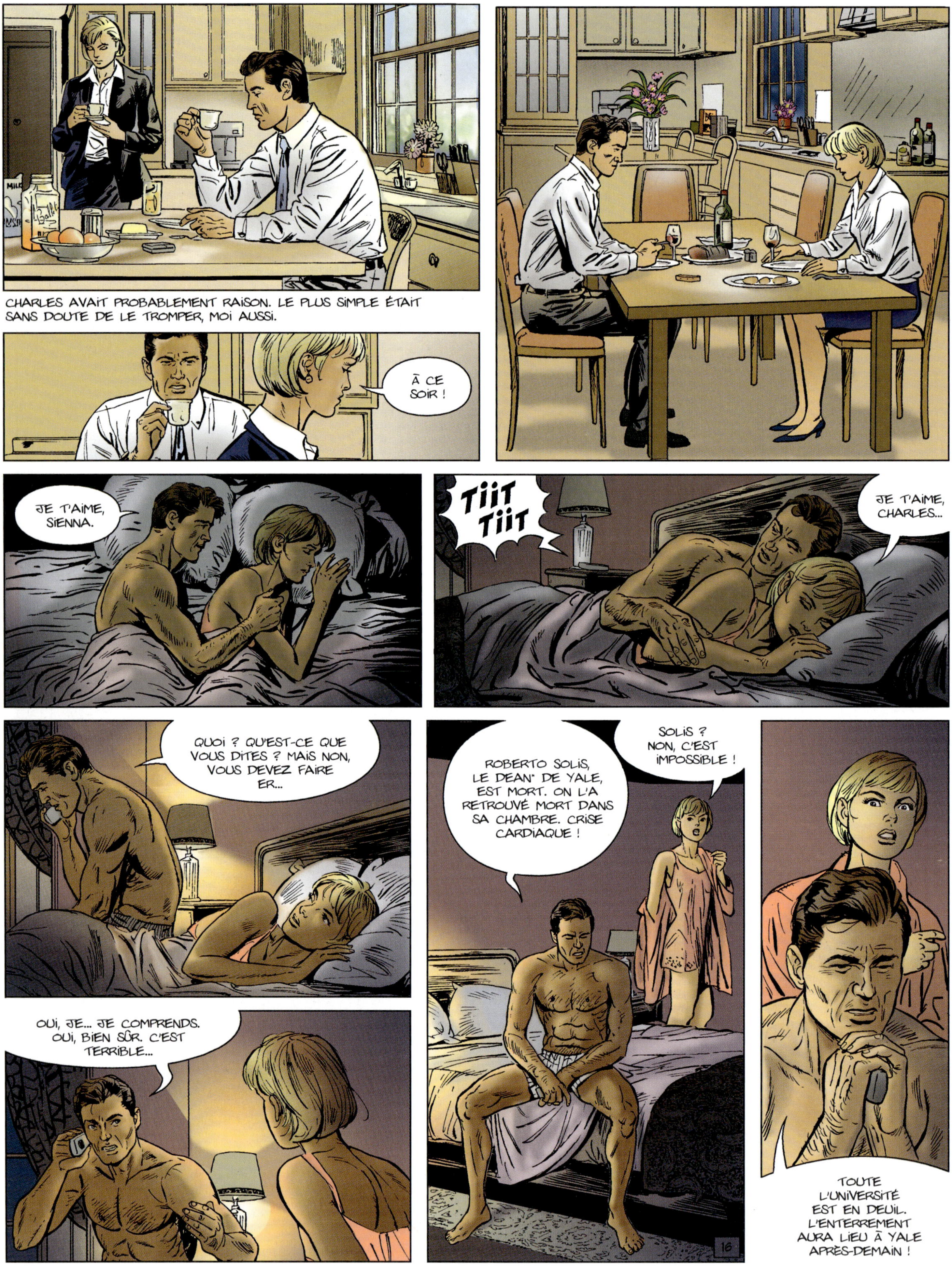
CHARLES AVAIT PROBABLEMENT RAISON. LE PLUS SIMPLE ÉTAIT SANS DOUTE DE LE TROMPER, MOI AUSSI.
À CE SOIR !
JE T'AIME, SIENNA.
TIIT TIIT
JE T'AIME, CHARLES...
QUOI ? QU'EST-CE QUE VOUS DITES ? MAIS NON, VOUS DEVEZ FAIRE ER...
OUI, JE... JE COMPRENDS. OUI, BIEN SÛR. C'EST TERRIBLE...
ROBERTO SOLIS, LE DEAN* DE YALE, EST MORT. ON L'A RETROUVÉ MORT DANS SA CHAMBRE. CRISE CARDIAQUE !
SOLIS ? NON, C'EST IMPOSSIBLE !
TOUTE L'UNIVERSITÉ EST EN DEUIL. L'ENTERREMENT AURA LIEU À YALE APRÈS-DEMAIN !

* DEAN : DOYEN

ROBERTO ÉTAIT VÉRITABLEMENT UN HOMME DE BIEN. POUR NOUS TOUS QUI L'AVONS CONNU, IL ÉTAIT L'EXEMPLE D'UNE VIE CONSACRÉE AUX AUTRES...
... À L'AVANCEMENT DE LA CONNAISSANCE, DE LA JUSTICE SOCIALE.
JE DOIS DONC EN CONCLURE, MILLER, QUE VOUS ÊTES INCAPABLE DE M'EXPLIQUER CE QU'EST UN PSA ?
SI VOUS ROULEZ DANS LA MERCEDES QUE VOTRE PÈRE VOUS A OFFERTE, MILLER, C'EST CERTAINEMENT GRÂCE AUX NOMBREUX PSA QU'IL A DÛ SIGNER.
VOYONS... JE SUIS PERSUADÉ QUE... SIENNA VA POUVOIR VOUS INFORMER. SIENNA ?
UN PSA EST UN... UN PROFIT SHARING AGREEMENT, MONSIEUR.
ALLEZ-Y, SIENNA. NOTRE AMI MILLER EST AVIDE D'APPRENDRE ENFIN QUELQUE CHOSE. PEUT-ÊTRE AUREZ-VOUS PLUS DE SUCCÈS QUE MOI.
CE SONT, PAR EXEMPLE, DES CONTRATS SIGNÉS PAR LES GROSSES COMPAGNIES PÉTROLIÈRES AVEC LES PAYS DE L'OPEP POUR AVOIR ACCÈS DIRECTEMENT AUX BÉNÉFICES, SANS ÊTRE NOMINALEMENT PROPRIÉTAIRE DES RÉSERVES.
EXCELLENT. NON SEULEMENT LA RÉPONSE EST PARFAITE, MAIS VOUS VENEZ D'AVOIR UNE REMARQUABLE DÉMONSTRATION DU MONDE DES AFFAIRES TEL QU'IL VOUS ATTEND.
SI VOUS N'ÊTES PAS À LA HAUTEUR, IL SE TROUVERA IMMÉDIATEMENT QUELQU'UN POUR VOUS ÉCRASER, ET VOUS ÉJECTER DE SON CHEMIN !
17

VOUS SAVIEZ EXACTEMENT CE QUE VOUS FAISIEZ, N'EST-CE PAS, MONSIEUR ? VOUS COMPTIEZ SUR MOI POUR L'HUMILIER ?
JE COMPTAIS SUR LE FAIT QUE VOUS SERIEZ VOUS-MÊME, SIENNA. UNE DES MEILLEURES... SI CE N'EST LA MEILLEURE ÉTUDIANTE DE CETTE PROMOTION.
LA PETITE LEÇON N'ÉTAIT PAS POUR MILLER. JE ME FICHE DE MILLER. ELLE ÉTAIT À VOTRE ATTENTION, SIENNA.
VOUS AVEZ UN POTENTIEL EXTRAORDINAIRE, IL FAUT VOUS EN CONVAINCRE. L'INTELLIGENCE, VOUS L'AVEZ. BRILLANTE.
CE QUI VOUS MANQUE, C'EST... UN PEU D'ÉMOTION. REGARDER LE MONDE, SANS VOULOIR NÉCESSAIREMENT TOUT ÉCRASER.
SANS CELA, VOUS FINIREZ DANS UN GRAND BUREAU D'EXPERTS, OU PARTENAIRE DANS UN FONDS D'INVESTISSEMENT MAJEUR. VOUS POUVEZ ALLER BEAUCOUP PLUS LOIN, SIENNA !
ROBERTO SOLIS ÉTAIT UN HOMME JUSTE, SINCÈRE. PASSIONNÉ PAR CE QU'IL CROYAIT VOIR AU FOND DE CHACUN D'ENTRE NOUS...
... PARMI LES PLUS RICHES DE NOS ÉTUDIANTS, COMME CHEZ LES PLUS DÉFAVORISÉS...
VOUS POUVEZ M'INDIQUER OÙ SE TROUVE LE BUREAU DU PROFESSEUR SOLIS ?
18

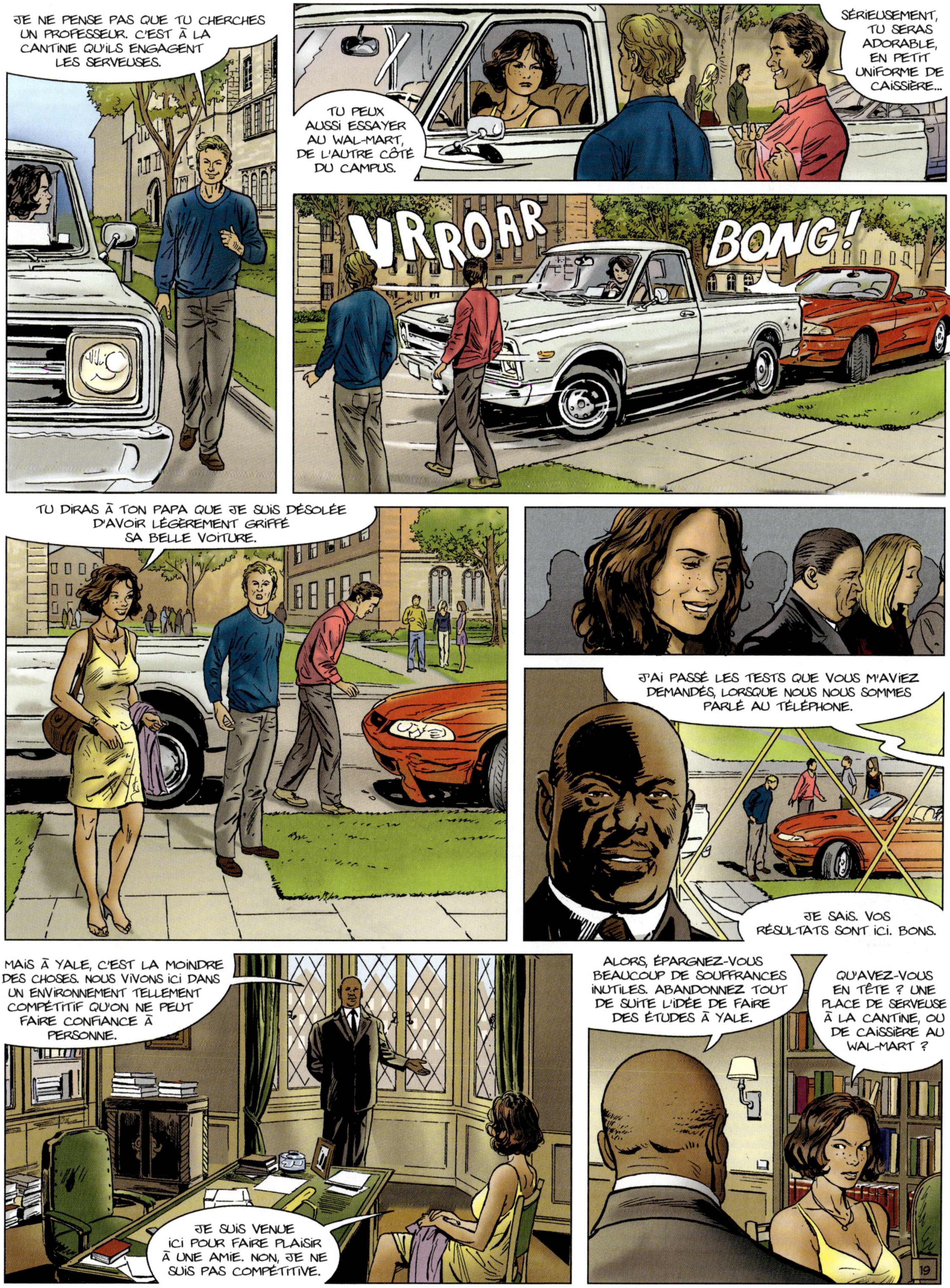
JE NE PENSE PAS QUE TU CHERCHES UN PROFESSEUR. C'EST À LA CANTINE QU'ILS ENGAGENT LES SERVEUSES.
TU PEUX AUSSI ESSAYER AU WAL-MART, DE L'AUTRE CÔTÉ DU CAMPUS.
SÉRIEUSEMENT, TU SERAS ADORABLE, EN PETIT UNIFORME DE CAISSIÈRE...
VRROAR
BONG!
TU DIRAS À TON PAPA QUE JE SUIS DÉSOLÉE D'AVOIR LÉGÈREMENT GRIFFÉ SA BELLE VOITURE.
J'AI PASSÉ LES TESTS QUE VOUS M'AVIEZ DEMANDÉS, LORSQUE NOUS NOUS SOMMES PARLÉ AU TÉLÉPHONE.
JE SAIS. VOS RÉSULTATS SONT ICI. BONS.
MAIS À YALE, C'EST LA MOINDRE DES CHOSES. NOUS VIVONS ICI DANS UN ENVIRONNEMENT TELLEMENT COMPÉTITIF QU'ON NE PEUT FAIRE CONFIANCE À PERSONNE.
JE SUIS VENUE ICI POUR FAIRE PLAISIR À UNE AMIE. NON, JE NE SUIS PAS COMPÉTITIVE.
ALORS, ÉPARGNEZ-VOUS BEAUCOUP DE SOUFFRANCES INUTILES. ABANDONNEZ TOUT DE SUITE L'IDÉE DE FAIRE DES ÉTUDES À YALE.
QU'AVEZ-VOUS EN TÊTE ? UNE PLACE DE SERVEUSE À LA CANTINE, OU DE CAISSIÈRE AU WAL-MART ?
19

VOUS SAVEZ, IL Y A D'EXCELLENTES UNIVERSITÉS D'ÉTAT. QUELLES ÉTUDES AVIEZ-VOUS ENVISAGÉES ?
LE DROIT. MAIS OUBLIONS TOUT ÇA.
ÇA A ÉTÉ UN PLAISIR DE VOUS RENCONTRER, PROFESSEUR SOLIS.
OUI BIEN SÛR. QUAND ON VIENT D'UN MILIEU DIFFICILE, UNE CARRIÈRE D'AVOCAT, C'EST LA PROMESSE D'UN NIVEAU DE VIE ÉLEVÉ.
DÉSOLÉE DE VOUS DÉCEVOIR. JE ME MOQUE DE L'ARGENT, PROFESSEUR.
DE QUOI S'AGIT-IL ALORS ?
VOUS NE POURRIEZ PAS COMPRENDRE.
D'UNE IMMENSE DETTE AU NOM DE MA FAMILLE. DE CETTE RAGE QUI BOUILLONNE EN MOI, QUI M'OBLIGE À ME BATTRE, PRESQUE CONTRE MON GRÉ !
VOUS BATTRE... POUR QUOI ?
SORTIR D'UNE GRANDE UNIVERSITÉ, C'EÛT ÉTÉ MA CHANCE D'ÊTRE ENTENDUE. J'AI COMPRIS QU'ON NE CHANGE PAS LE MONDE À FORCE DE BONNES INTENTIONS.
WELCOME TO YALE UNIVERSITY
VOUS VOULEZ... CHANGER LE MONDE, GABRIELLE ?
JE VEUX SURTOUT M'ASSURER QUE MOI, J'AI CHANGÉ. ET QUE JE NE REDEVIENDRAI PLUS JAMAIS CE QUE J'ÉTAIS AVANT !
JE DOIS RECONNAÎTRE QUE CES RÉSULTATS SONT PARTICULIÈREMENT BRILLANTS. SI ON REPRENAIT TOUT DEPUIS LE DÉBUT ?
?
ROBERTO, NOUS SAVONS QUE TU ES MAINTENANT AUX CÔTÉS DU SEIGNEUR...
... QUE TON COMBAT EST TERMINÉ, ET QUE...
ET QU'IL EN ÉTAIT PLUS QUE TEMPS !
20

SOLIS A FAIT ASSEZ DE TORT À CETTE UNIVERSITÉ. NOUS N'ALLONS PAS POUSSER L'HYPOCRISIE JUSQU'À PLEURER SA DISPARITION !
CO... COMMENT OSEZ-VOUS PROFANER LA MÉMOIRE D'UN MORT LE... LE JOUR MÊME DE SON ENTERREMENT !?
LA MÉMOIRE ! QUELLE MÉMOIRE ? SOLIS ÉTAIT UN HOMME DANGEREUX.
UN FANATIQUE GAUCHISTE NOSTALGIQUE DE LA GRANDE ÉPOPÉE COMMUNISTE !
CHARLES, QUI SONT CES TYPES ?
HEUREUSEMENT, SKULLS AND BONES VEILLAIT. SKULLS AND BONES A FAIT SON ENQUÊTE !
VOTRE ATTITUDE EST INADMISSIBLE. VOUS ÊTES ICI DANS UN CIMETIÈRE, ET NON DANS UN CERCLE POLITIQUE...
SKULLS AND BONES ?!...
CORRECTION, PASTEUR : NOUS SOMMES À YALE. ET EN PLEIN CŒUR DE LA POLITIQUE.
N'EST-CE PAS, M. GOODRICH ? OÙ ÊTES-VOUS, M. GOODRICH ?
HAAA ! M. GOODRICH !
NOTRE BON PROFESSEUR DE SCIENCES POLITIQUES, VISCÉRALEMENT OPPOSÉ AU SYSTÈME CAPITALISTE.
N'ENTRETENEZ-VOUS PAS DES LIENS ÉTROITS AVEC LA LYBIE, LE VENEZUELA ET CUBA, AUX FRAIS DE NOTRE UNIVERSITÉ ?
21

ET VOUS MONSIEUR IBRAHIM...
LAISSEZ-MOI VOUS PRÉSENTER IBRAHIM, PROFESSEUR DES CIVILISATIONS MUSULMANES.
PROCHE DES MILIEUX ISLAMISTES, AMI INTIME DE SOLIS, M. IBRAHIM A RÉALISÉ CES DOUZE DERNIERS MOIS PAS MOINS DE 5 VOYAGES AU PAKISTAN, EN SYRIE, ET EN IRAN.
TOUS FINANCÉS PAR L'UNIVERSITÉ. NOUS SERIONS RAVIS DE SAVOIR À QUEL TITRE !
EST-CE QUE PERSONNE NE VA FAIRE TAIRE CE VOYOU ?!!
C'EST UNE HONTE !
CHARLES, JE T'EN PRIE. IL FAUT QUE TU FASSES QUELQUE CHOSE !
VOICI ENFIN M. SPADE.
POURRIEZ-VOUS NOUS EXPLIQUER, M. SPADE, POURQUOI VOUS ET SOLIS AVEZ RÉFORMÉ LES PROTOCOLES ET LA GESTION DES FONDS DE L'UNIVERSITÉ ?
JE NE VOUS PERMETTRAI PAS DE SALIR...
DE SALIR QUOI, M. SPADE ? AVEC CES FONDS, VOUS ET SOLIS ÉTIEZ À LA TÊTE D'UN VÉRITABLE TRÉSOR DE GUERRE.
VOUS VOUS IMAGINEZ BIEN QU'IL VOUS FAUDRA RÉPONDRE DÉSORMAIS DE LA MOINDRE DE VOS DÉPEN...
CELA SUFFIT, CROYDON ! J'EN AI ASSEZ ENTENDU !
JE NE VOUS LAISSERAI PAS PROFANER PLUS LONGTEMPS LA MÉMOIRE D'UN HOMME QUI S'EST DÉVOUÉ CORPS ET ÂME POUR NOTRE UNIVERSITÉ !
EN PROFÉRANT VOS SUPPOSITIONS BASÉES SUR DES RAISONNEMENTS FALLACIEUX ET RACISTES, CE N'EST PAS SOLIS, MAIS L'HONNEUR DE YALE QUE VOUS SALISSEZ. ET CELA, JE NE LE TOLÉRERAI PAS !
22

L'HONNEUR DE CETTE UNIVERSITÉ, CROYEZ-MOI, C'EST NOUS QUI NOUS NOUS EN CHARGERONS !
LE MOMENT ÉTAIT CERTAINEMENT HORRIBLEMENT CHOISI, MAIS... ACCORDEZ-LEUR QUE CES QUESTIONS MÉRITAIENT D'ÊTRE POSÉES, M. MANDEVILLE.
DÈS QUE POSSIBLE, UN NOUVEAU DEAN SERA CHOISI. IL AURA POUR TÂCHE DE POURSUIVRE LA MISSION DE TOUS LES DEAN AVANT LUI.
VEILLER À CE QUE YALE CONTINUE À ÊTRE UN PHARE POUR LA NATION ENTIÈRE. UNE INSTITUTION QUI, AU-DELÀ DES SIÈCLES, RAPPELLE LES VRAIES VALEURS DE NOTRE PAYS. L'ÉDUCATION FAIT GRANDIR L'HOMME.
SI ROBERTO SOLIS NOUS A LAISSÉ UN MESSAGE, C'EST BIEN CELUI-CI : LA VÉRITÉ EST EN CHACUN DE NOUS. LA SOLIDARITÉ EST LA CLEF POUR FAIRE FACE À TOUS NOS MAUX !
CLAP
CLAP
CLAP CLAP CLAP CLAP
23

"SI SOLIS NOUS A LAISSÉ UN MESSAGE, C'EST BIEN QUE LA VÉRITÉ EST EN CHACUN DE NOUS !" CE N'EST PAS ENVOYÉ, ÇA ? HA HA !
HÉ ?!
VROAW
SIENNA, QU'EST-CE QUI T'A PRIS ? TU AS FAILLI NOUS...
LA JOLIE BLONDE, C'ÉTAIT QUI, CHARLES ? UNE NOUVELLE CONQUÊTE ?
UNE... BLONDE ? JE NE VOIS PAS DU TOUT CE QUE... TU VEUX DIRE !
TU NE VOIS PAS, MAIS MOI, JE VOUS AI VUS ! TU AS DÉJÀ COUCHÉ AVEC ELLE, OU C'ÉTAIT SEULEMENT POUR LUI FIXER UN RENDEZ-VOUS ?
SIENNA, JE T'EN PRIE. JE SERAIS INCAPABLE DE TE FAIRE UNE CHOSE PAREILLE. P...
PEUT-ÊTRE VEUX-TU PARLER DE LAURIE MULLINS ? LA SECRÉTAIRE DE...
CESSE DE TE MOQUER DE MOI ! TU ME PRENDS VRAIMENT POUR UNE IDIOTE ? ELLE T'A REMIS UNE LETTRE, SOUS MES YEUX !
UNE... UNE LETTRE ? NON, TU DOIS TE TROMPER, JE...
24

QUI TROMPE QUI, CHARLES ? ON VIENT À PEINE DE SE MARIER.
J... JE TE JURE QU'IL N'Y A RIEN ENTRE CETTE FILLE... ET MOI !
ALORS PROUVE-LE MOI ! DONNE-MOI CETTE LETTRE !
JE... JE REGRETTE, SIENNA. IL N'Y A PAS DE LETTRE.
"CHER CHARLES, J'ENREGISTRE DES SOUTIENS DE PLUS EN PLUS NOMBREUX POUR VOTRE CANDIDATURE AU POSTE DE DEAN DE L'UNIVERSITÉ. LES CHOSES SE PRÉSENTENT ON NE PEUT MIEUX. FÉLICITATIONS. SIGNÉ : RÉVÉREND ZAK KNIGHT."
JE N'AI PAS VOULU T'EN PARLER PLUS TÔT, MAIS... LE RÉVÉREND KNIGHT EST MEMBRE D'UN LOBBY ASSEZ CONSERVATEUR, À WASHINGTON. QUELQUES SÉNATEURS RÉPUBLICAINS PENSENT QUE JE POURRAIS ÊTRE L'HOMME DE LA SITUATION, À YALE.
MAIS SACHE QUE JE N'ACCEPTERAI PAS LE POSTE... SI CELA RISQUE DE NOUS SÉPARER !
25

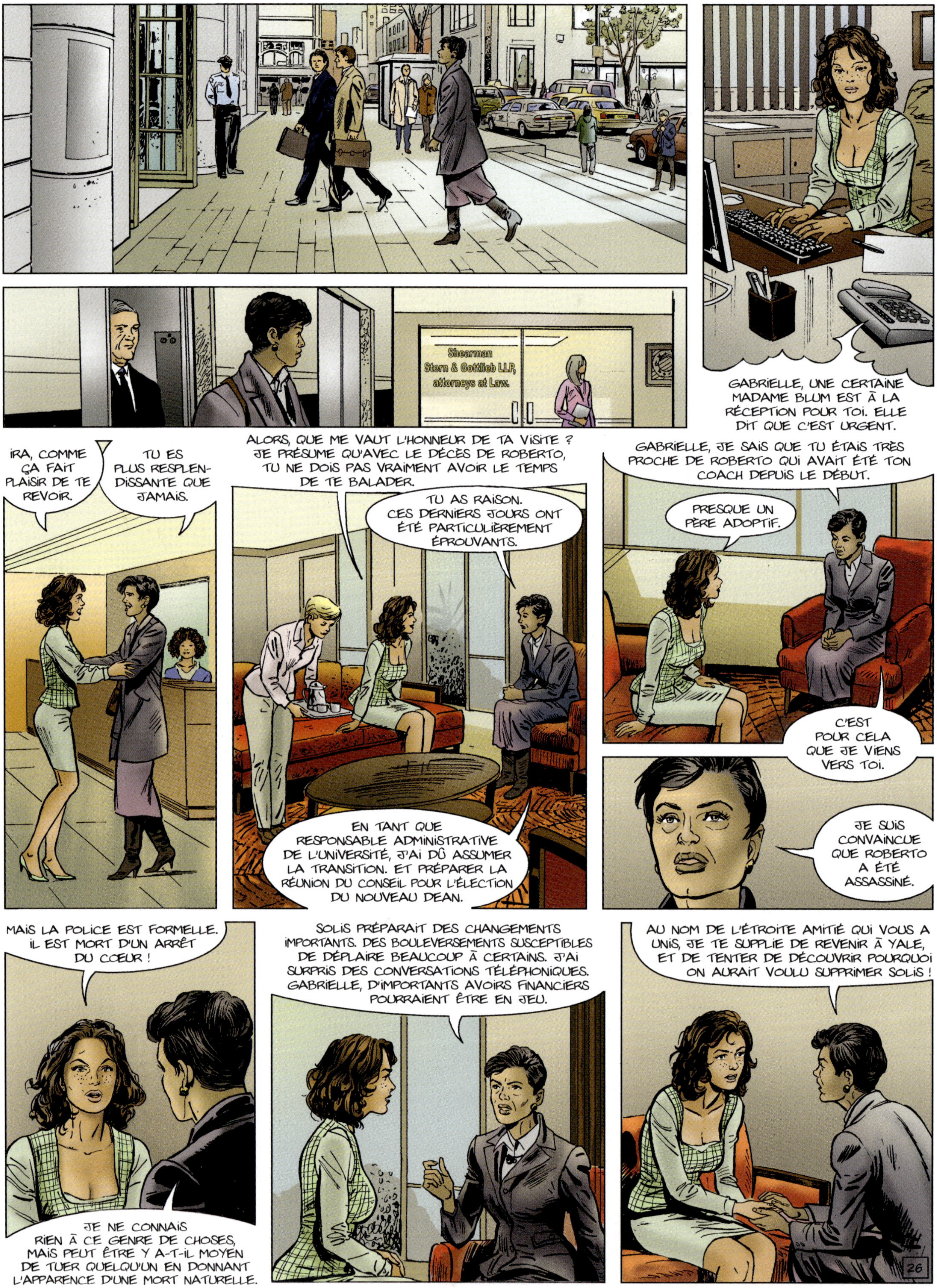
Shearman
Stern & Gottlieb LLP,
attorneys at Law.
GABRIELLE, UNE CERTAINE MADAME BLUM EST À LA RÉCEPTION POUR TOI. ELLE DIT QUE C'EST URGENT.
IRA, COMME ÇA FAIT PLAISIR DE TE REVOIR.
TU ES PLUS RESPLENDISSANTE QUE JAMAIS.
ALORS, QUE ME VAUT L'HONNEUR DE TA VISITE ? JE PRÉSUME QU'AVEC LE DÉCÈS DE ROBERTO, TU NE DOIS PAS VRAIMENT AVOIR LE TEMPS DE TE BALADER.
TU AS RAISON. CES DERNIERS JOURS ONT ÉTÉ PARTICULIÈREMENT ÉPROUVANTS.
EN TANT QUE RESPONSABLE ADMINISTRATIVE DE L'UNIVERSITÉ, J'AI DÛ ASSUMER LA TRANSITION. ET PRÉPARER LA RÉUNION DU CONSEIL POUR L'ÉLECTION DU NOUVEAU DEAN.
GABRIELLE, JE SAIS QUE TU ÉTAIS TRÈS PROCHE DE ROBERTO QUI AVAIT ÉTÉ TON COACH DEPUIS LE DÉBUT.
PRESQUE UN PÈRE ADOPTIF.
C'EST POUR CELA QUE JE VIENS VERS TOI.
JE SUIS CONVAINCUE QUE ROBERTO A ÉTÉ ASSASSINÉ.
MAIS LA POLICE EST FORMELLE. IL EST MORT D'UN ARRÊT DU CŒUR !
JE NE CONNAIS RIEN À CE GENRE DE CHOSES, MAIS PEUT ÊTRE Y A-T-IL MOYEN DE TUER QUELQU'UN EN DONNANT L'APPARENCE D'UNE MORT NATURELLE.
SOLIS PRÉPARAIT DES CHANGEMENTS IMPORTANTS. DES BOULEVERSEMENTS SUSCEPTIBLES DE DÉPLAIRE BEAUCOUP À CERTAINS. J'AI SURPRIS DES CONVERSATIONS TÉLÉPHONIQUES. GABRIELLE, D'IMPORTANTS AVOIRS FINANCIERS POURRAIENT ÊTRE EN JEU.
AU NOM DE L'ÉTROITE AMITIÉ QUI VOUS A UNIS, JE TE SUPPLIE DE REVENIR À YALE, ET DE TENTER DE DÉCOUVRIR POURQUOI ON AURAIT VOULU SUPPRIMER SOLIS !
26

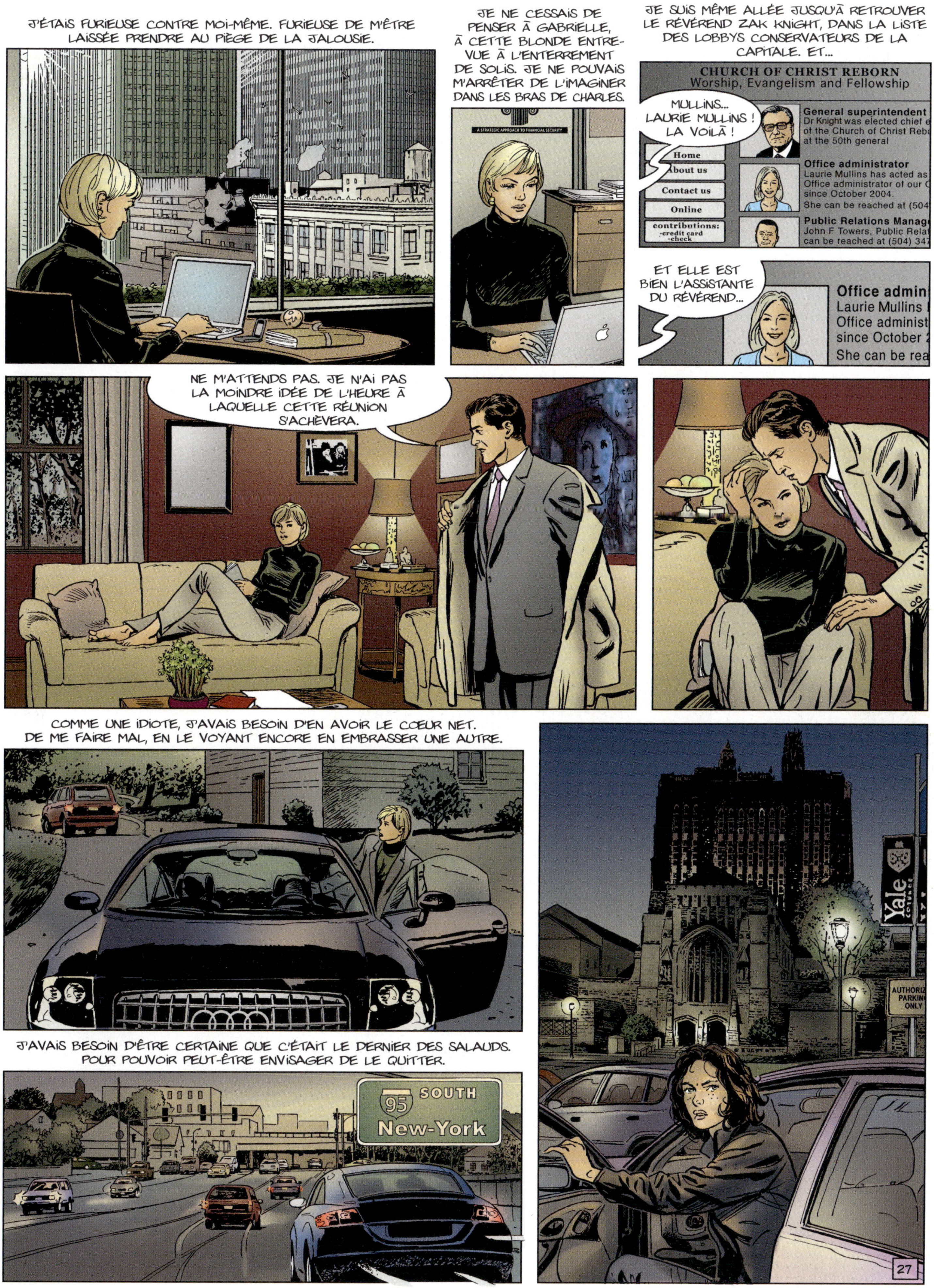
J'ÉTAIS FURIEUSE CONTRE MOI-MÊME. FURIEUSE DE M'ÊTRE LAISSÉE PRENDRE AU PIÈGE DE LA JALOUSIE.
JE NE CESSAIS DE PENSER À GABRIELLE, À CETTE BLONDE ENTREVUE À L'ENTERREMENT DE SOLIS. JE NE POUVAIS M'ARRÊTER DE L'IMAGINER DANS LES BRAS DE CHARLES.
A STRATEGIC APPROACH TO FINANCIAL SECURITY
JE SUIS MÊME ALLÉE JUSQU'À RETROUVER LE RÉVÉREND ZAK KNIGHT, DANS LA LISTE DES LOBBYS CONSERVATEURS DE LA CAPITALE. ET...
CHURCH OF CHRIST REBORN
Worship, Evangelism and Fellowship
MULLINS... LAURIE MULLINS ! LA VOILÀ !
Home
About us
Contact us
Online
contributions: -credit card -check
General superintendent
Dr Knight was elected chief e
of the Church of Christ Rebo
at the 50th general
Office administrator
Laurie Mullins has acted as
Office administrator of our C
since October 2004.
She can be reached at (504
Public Relations Manag
John F. Towers, Public Relat
can be reached at (504) 347
ET ELLE EST BIEN L'ASSISTANTE DU RÉVÉREND...
Office admin
Laurie Mullins
Office administ
since October
She can be rea
NE M'ATTENDS PAS. JE N'AI PAS LA MOINDRE IDÉE DE L'HEURE À LAQUELLE CETTE RÉUNION S'ACHÈVERA.
COMME UNE IDIOTE, J'AVAIS BESOIN D'EN AVOIR LE COEUR NET. DE ME FAIRE MAL, EN LE VOYANT ENCORE EN EMBRASSER UNE AUTRE.
J'AVAIS BESOIN D'ÊTRE CERTAINE QUE C'ÉTAIT LE DERNIER DES SALAUDS. POUR POUVOIR PEUT-ÊTRE ENVISAGER DE LE QUITTER.
95 SOUTH
New-York
Yale
AUTHORIZ PARKIN ONLY
27

SOLIS, ASSASSINÉ. JE N'ARRIVAIS PAS À M'Y FAIRE.
UN DES MEILLEURS DEANS QUE YALE AIT JAMAIS EU !
ET POURTANT...
JE CROIS QUE NOUS AVONS DÉJÀ EU L'HONNEUR DE NOUS RENCONTRER, À L'ENTERREMENT.
J'IGNORE CE QUE VOUS CHERCHEZ DANS LE BUREAU DE SOLIS. MAIS S'IL A LAISSÉ QUELQUE CHOSE D'INTÉRESSANT...
CE NE SERA CERTAINEMENT PAS LÀ !
PLUTÔT DANS LES QUARTIERS SECRETS DE ROBERTO.
28

UNE ENFILADE DE CHAMBRES D'ÉTUDIANTS, ABANDONNÉES DEPUIS LONGTEMPS, OÙ NOUS AIMIONS REFAIRE LE MONDE, EN TÊTE À TÊTE.
C'ÉTAIT LÀ, GRÂCE À CES CONVERSATIONS, QUE MES CONVICTIONS S'ÉTAIENT PRÉCISÉES, AFFINÉES... TRANSFORMANT LA RAGE AVEUGLE CONTRE L'INJUSTICE EN ÉDIFICES MORAUX, SOLIDES COMME UN ROC, SUR LESQUELS J'ALLAIS POUVOIR CONSTRUIRE MA VIE.
NELSON MANDELA FREED
J'AVAIS PEUR. PEUR DE NE PAS POUVOIR PARDONNER UNE AUTRE TRAHISON.
PARCE QUE LA JALOUSIE EST UN POISON. JE NE VOULAIS PAS ME LAISSER CONTAMINER...
29

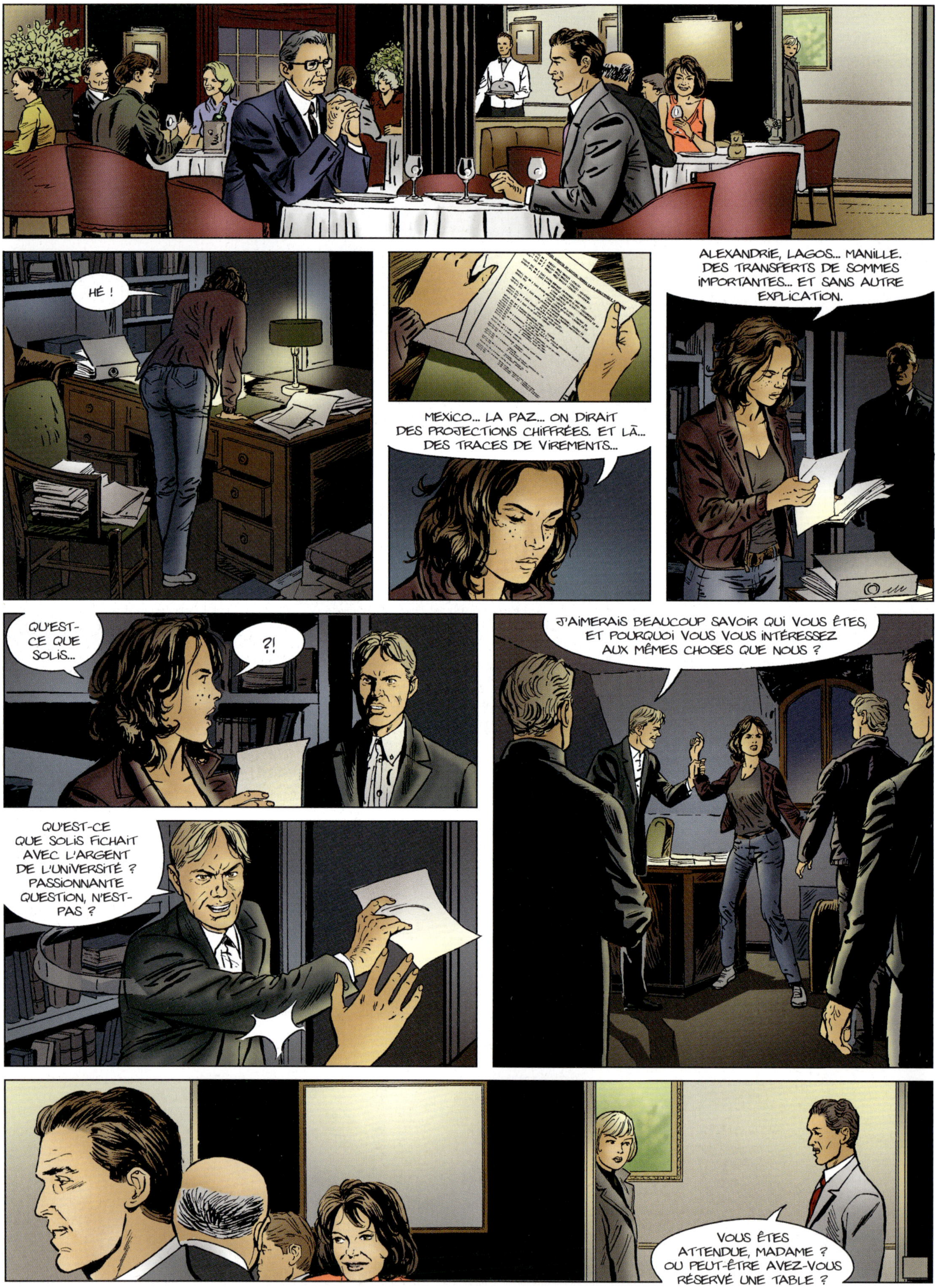
HÉ !
ALEXANDRIE, LAGOS... MANILLE. DES TRANSFERTS DE SOMMES IMPORTANTES... ET SANS AUTRE EXPLICATION.
MEXICO... LA PAZ... ON DIRAIT DES PROJECTIONS CHIFFRÉES. ET LÀ... DES TRACES DE VIREMENTS...
QU'EST-CE QUE SOLIS...
?!
QU'EST-CE QUE SOLIS FICHAIT AVEC L'ARGENT DE L'UNIVERSITÉ ? PASSIONNANTE QUESTION, N'EST-PAS ?
J'AIMERAIS BEAUCOUP SAVOIR QUI VOUS ÊTES, ET POURQUOI VOUS VOUS INTÉRESSEZ AUX MÊMES CHOSES QUE NOUS ?
VOUS ÊTES ATTENDUE, MADAME ? OU PEUT-ÊTRE AVEZ-VOUS RÉSERVÉ UNE TABLE ?

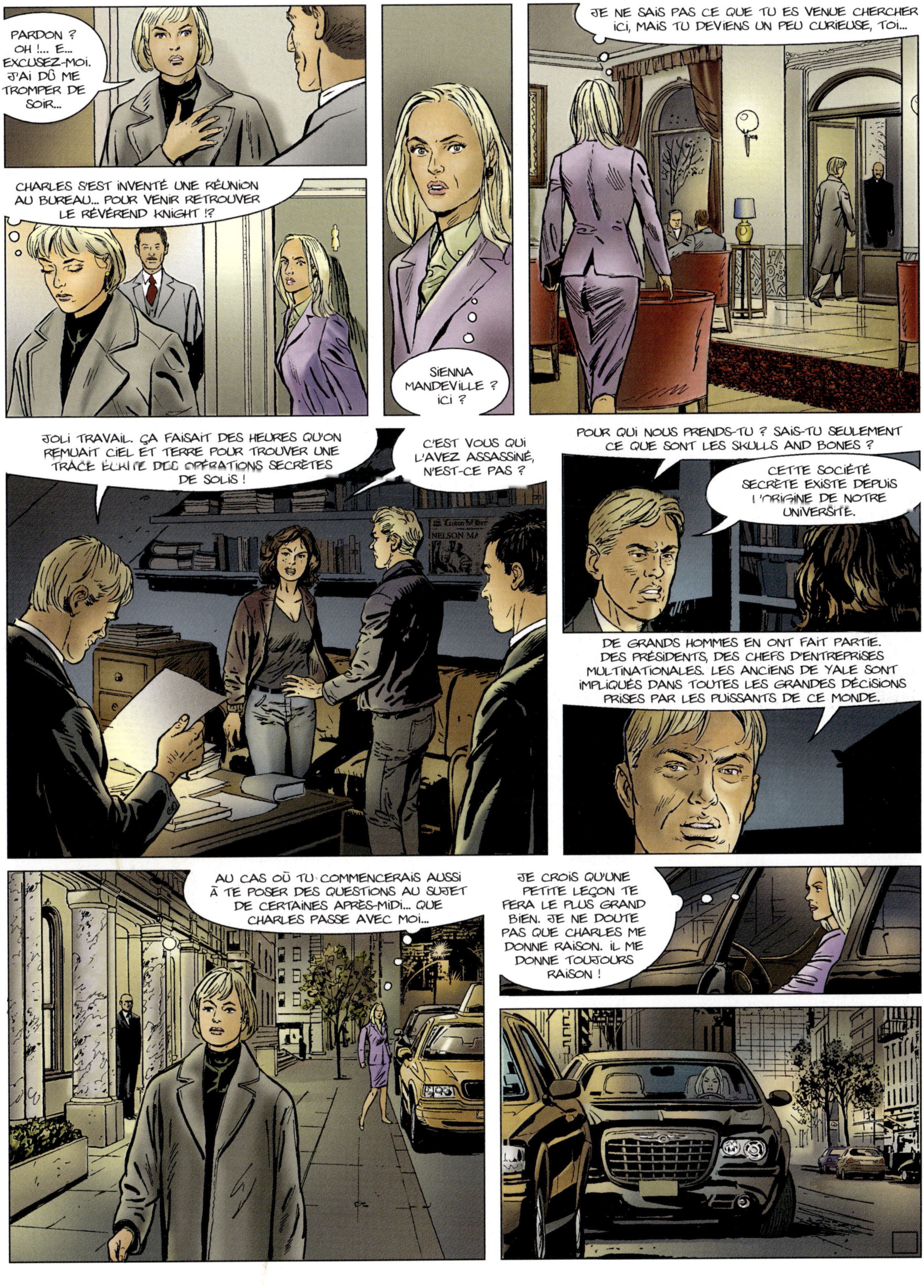
PARDON ? OH !... E... EXCUSEZ-MOI. J'AI DÛ ME TROMPER DE SOIR...
CHARLES S'EST INVENTÉ UNE RÉUNION AU BUREAU... POUR VENIR RETROUVER LE RÉVÉREND KNIGHT !?
SIENNA MANDEVILLE ? ICI ?
JE NE SAIS PAS CE QUE TU ES VENUE CHERCHER ICI, MAIS TU DEVIENS UN PEU CURIEUSE, TOI...
JOLI TRAVAIL. ÇA FAISAIT DES HEURES QU'ON REMUAIT CIEL ET TERRE POUR TROUVER UNE TRACE ÉCRITE DES OPÉRATIONS SECRÈTES DE SOLIS !
C'EST VOUS QUI L'AVEZ ASSASSINÉ, N'EST-CE PAS ?
POUR QUI NOUS PRENDS-TU ? SAIS-TU SEULEMENT CE QUE SONT LES SKULLS AND BONES ?
CETTE SOCIÉTÉ SECRÈTE EXISTE DEPUIS L'ORIGINE DE NOTRE UNIVERSITÉ.
DE GRANDS HOMMES EN ONT FAIT PARTIE. DES PRÉSIDENTS, DES CHEFS D'ENTREPRISES MULTINATIONALES. LES ANCIENS DE YALE SONT IMPLIQUÉS DANS TOUTES LES GRANDES DÉCISIONS PRISES PAR LES PUISSANTS DE CE MONDE.
AU CAS OÙ TU COMMENCERAIS AUSSI À TE POSER DES QUESTIONS AU SUJET DE CERTAINES APRÈS-MIDI... QUE CHARLES PASSE AVEC MOI...
JE CROIS QU'UNE PETITE LEÇON TE FERA LE PLUS GRAND BIEN. JE NE DOUTE PAS QUE CHARLES ME DONNE RAISON. IL ME DONNE TOUJOURS RAISON !

NOUS NE SOMMES PAS DES ASSASSINS. NOS VALEURS SONT HONNEUR, PATRIE, DISCIPLINE, ABANDON DE SOI !
ROBERTO GARDAIT UN COUPE-PAPIER... QUELQUE PART... POUR LES VIEUX LIVRES...
C'EST AU NOM DE CELA QUE SE BATTRA NOTRE PROCHAIN DEAN.
PERSONNE NE SAIT QUI SERA... LE PROCHAIN DEAN.
IL A DÉJÀ ÉTÉ CHOISI. PARMI LES SKULLS AND BONES, BIEN SÛR !
HONNEUR, PATRIE, DISCIPLINE... ET UN PEU TROP SÛRS DE VOUS !
??!
ARRÊTEZ-LA !
QU'EST-CE QUE VOUS ATTENDEZ ?
Ballantine's
UNE BOUTEILLE... DE WHISKY... FERA PARFAITEMENT L'AFFAIRE...
DÉSOLÉE, LES SKULLS AND BONES, AVEC MOI, JE CROIS QUE VOUS ÊTES TOMBÉS SUR UN OS !
HEY !
CRASH !
ÇA N'A PAS DE SENS. SOLIS MEURT... ET CHARLES DEVIENT SOUDAIN LE CHOIX DES ULTRA-CONSERVATEURS POUR DEVENIR LE NOUVEAU DEAN DE L'UNIVERSITÉ.
JAMAIS IL NE M'A DIT QUE C'ÉTAIT UNE DE SES AMBITIONS...
??!
VRROOOOAR
iiii

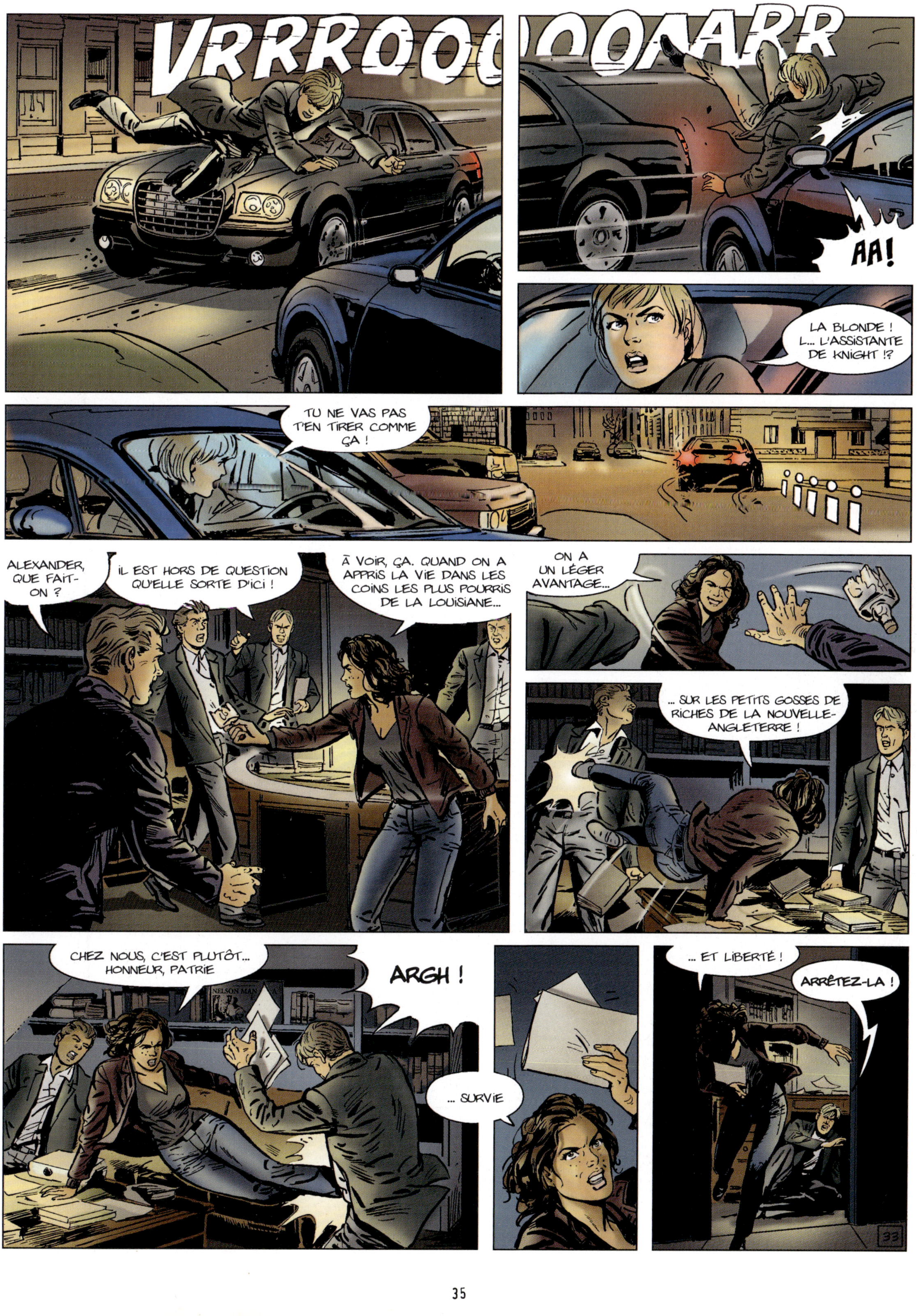
VRRROOOOOOAARR
AA!
LA BLONDE ! L... L'ASSISTANTE DE KNIGHT !?
TU NE VAS PAS T'EN TIRER COMME ÇA !
IIIII
ALEXANDER, QUE FAIT-ON ?
IL EST HORS DE QUESTION QU'ELLE SORTE D'ICI !
À VOIR, ÇA. QUAND ON A APPRIS LA VIE DANS LES COINS LES PLUS POURRIS DE LA LOUISIANE...
ON A UN LÉGER AVANTAGE...
... SUR LES PETITS GOSSES DE RICHES DE LA NOUVELLE-ANGLETERRE !
CHEZ NOUS, C'EST PLUTÔT... HONNEUR, PATRIE
ARGH !
... SURVIE
... ET LIBERTÉ !
ARRÊTEZ-LA !
33

RROOAAR
PAS SI VITE. ON A UNE PETITE EXPLICATION À AVOIR, TOUTES LES DEUX...
C... ET VOTRE FEMME, CHARLES ?
AUCUN DANGER DE CE CÔTÉ-LÀ. ELLE NE SE DOUTE TOUJOURS DE RIEN.
POUR COMMENCER, TU VAS ME DIRE SI TON INTERVENTION EST SENTIMENTALE... OU STRICTEMENT PROFESSIONNELLE !
RROOAAR
WROR
ET SI SIENNA SE METTAIT À POSER TROP DE QUESTIONS, CHARLES ?
NE VOUS INQUIÉTEZ PAS. JE SUIS PARFAITEMENT CAPABLE DE MAÎTRISER MA FEMME.
AAAAH !
TRASH!
34

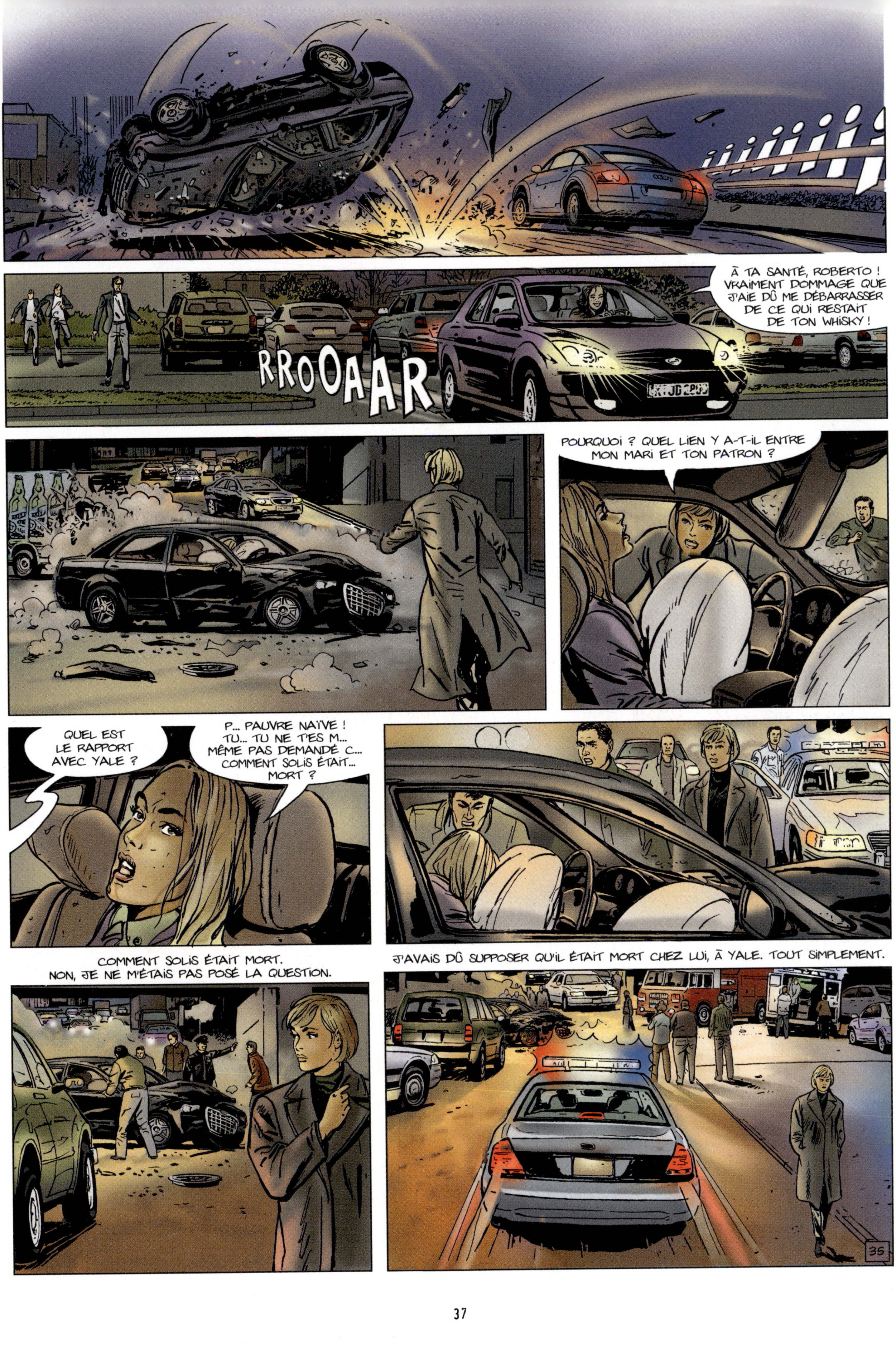

À TA SANTÉ, ROBERTO ! VRAIMENT DOMMAGE QUE J'AIE DÛ ME DÉBARRASSER DE CE QUI RESTAIT DE TON WHISKY !
RROOAAR
POURQUOI ? QUEL LIEN Y A-T-IL ENTRE MON MARI ET TON PATRON ?
QUEL EST LE RAPPORT AVEC YALE ?
P... PAUVRE NAÏVE ! TU... TU NE T'ES M... MÊME PAS DEMANDÉ C... COMMENT SOLIS ÉTAIT... MORT ?
COMMENT SOLIS ÉTAIT MORT. NON, JE NE M'ÉTAIS PAS POSÉ LA QUESTION.
J'AVAIS DÛ SUPPOSER QU'IL ÉTAIT MORT CHEZ LUI, À YALE. TOUT SIMPLEMENT.
35

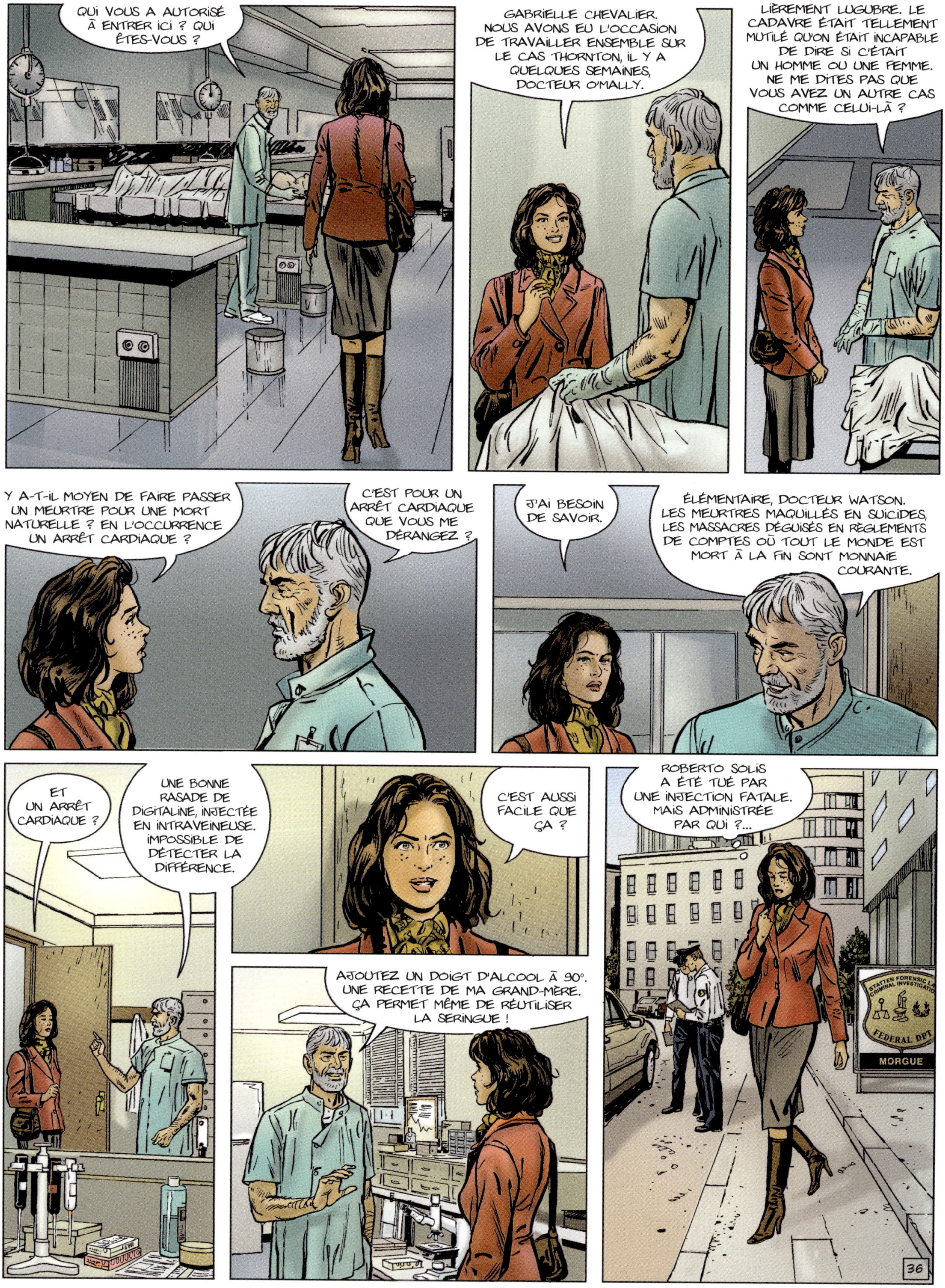
QUI VOUS A AUTORISÉ À ENTRER ICI ? QUI ÊTES-VOUS ?
GABRIELLE CHEVALIER. NOUS AVONS EU L'OCCASION DE TRAVAILLER ENSEMBLE SUR LE CAS THORNTON, IL Y A QUELQUES SEMAINES, DOCTEUR O'MALLY.
UNE AUTOPSIE PARTICULIÈREMENT LUGUBRE. LE CADAVRE ÉTAIT TELLEMENT MUTILÉ QU'ON ÉTAIT INCAPABLE DE DIRE SI C'ÉTAIT UN HOMME OU UNE FEMME. NE ME DITES PAS QUE VOUS AVEZ UN AUTRE CAS COMME CELUI-LÀ ?
Y A-T-IL MOYEN DE FAIRE PASSER UN MEURTRE POUR UNE MORT NATURELLE ? EN L'OCCURRENCE UN ARRÊT CARDIAQUE ?
C'EST POUR UN ARRÊT CARDIAQUE QUE VOUS ME DÉRANGEZ ?
J'AI BESOIN DE SAVOIR.
ÉLÉMENTAIRE, DOCTEUR WATSON. LES MEURTRES MAQUILLÉS EN SUICIDES, LES MASSACRES DÉGUISÉS EN RÈGLEMENTS DE COMPTES OÙ TOUT LE MONDE EST MORT À LA FIN SONT MONNAIE COURANTE.
ET UN ARRÊT CARDIAQUE ?
UNE BONNE RASADE DE DIGITALINE, INJECTÉE EN INTRAVEINEUSE. IMPOSSIBLE DE DÉTECTER LA DIFFÉRENCE.
C'EST AUSSI FACILE QUE ÇA ?
AJOUTEZ UN DOIGT D'ALCOOL À 90°. UNE RECETTE DE MA GRAND-MÈRE. ÇA PERMET MÊME DE RÉUTILISER LA SERINGUE !
ROBERTO SOLIS A ÉTÉ TUÉ PAR UNE INJECTION FATALE. MAIS ADMINISTRÉE PAR QUI ?...
STATTEN FORENSIC LA CRIMINAL INVESTIGATION
FEDERAL DPT
MORGUE
36

POUR TERMINER, JE CÈDE LA PAROLE À SIENNA, QUI SUPERVISE NOS INVESTISSEMENTS AU MEXIQUE...
SOLIS AVAIT ÉTÉ RETROUVÉ MORT À WASHINGTON. ARRÊT CARDIAQUE, DANS SON LIT.
LA RENTABILISATION DE NOS OPÉRATIONS S'AVÈRE PLUS DIFFICILE QUE PRÉVU. EN FAIT, UNE SEULE DES ACTIVITÉS ENVISAGÉES SEMBLE À MÊME DE GÉNÉRER LE TYPE DE RENDEMENT QUE NOUS VISIONS, GRÂCE À UNE MAIN-D'ŒUVRE PAYÉE UNE MISÈRE.
JE N'ARRIVAIS PLUS À PENSER À AUTRE CHOSE. AU SINISTRE PRESSENTIMENT QUE CHARLES POUVAIT ÊTRE MÊLÉ À ÇA !
TOUT LE RESTE VA DEVOIR ÊTRE LIQUIDÉ. FORT HEUREUSEMENT LES LOIS SOCIALES SONT CONTOURNABLES, DANS CE PAYS.
SI ON SAIT QUELLE PATTE GRAISSER. CES NOUVEAUX OBJECTIFS, PLUS LIMITÉS, DEVRAIENT POUVOIR ÊTRE ATTEINTS.
POUR PRENDRE LA PLACE DE SOLIS, À YALE. C'ÉTAIT ABSURDE.
L'AGENCE DE VOYAGE SELECT ? GLORIA SMITH À L'APPAREIL, STAGIAIRE À L'UNIVERSITÉ DE YALE.
LA COMPTABILITÉ ME PRIE DE VÉRIFIER UNE INFORMATION, AU SUJET DU VOYAGE DE M. MANDEVILLE À WASHINGTON DC LA SEMAINE DERNIÈRE.
VOUS N'AVEZ... RIEN DU TOUT ? VOUS ÊTES SÛRE ? JE VOUS REMERCIE.
CHARLES NE S'EST PAS RENDU À WASHINGTON. UN DERNIER CONTRÔLE, POUR ÊTRE TOUT À FAIT RASSURÉE.
DELTA
Home Profile NeedHelp
Planning&Reservations
Traveling&Check-in
SkyMileS
DELTA AIRLINES
FREQUENT FLIER
Enter your name :
Charles Mandeville
Enter your password
Not a SkyMiles Member ?
Join SkyMiles and set up your travel preferences.
Join Now
Thank you.
You have 125 000 miles Your latest flights are:
Feb 16 New York - Jackson 500 miles
- Feb 19 Jackson – New York 500 miles
April 1 New York - Chicago 250 miles
April 2 Chicago – New York 250 miles
PAS DE CHARLES À WASHINGTON, DONC. IL FALLAIT POURTANT QUE J'EN APPRENNE PLUS. LE NOM DE L'HÔTEL, LES CIRCONSTANCES EXACTES DE LA MORT. COMMENT ? VIA LA CIA ?...
37

ROBERTO SOLIS A-T-IL ÉTÉ ASSASSINÉ, DANS SA CHAMBRE D'HÔTEL ? VERSION OFFICIELLE : MORT PAR ARRÊT CARDIAQUE. VERSION ALTERNATIVE : MORT PROVOQUÉE PAR UNE INJECTION DE DIGITALINE !
POUR QUEL MOTIF ? DES TRANSACTIONS FINANCIÈRES ? DES VIREMENTS IMPORTANTS VERS LE TIERS-MONDE... MEXICO, LA PAZ, MANILLE, ALEXANDRIE ET LAGOS.
RIEN DE BIEN CLAIR...
ET LES SKULLS AND BONES, DANS TOUT ÇA ? SOLIS AURAIT-IL PU S'EMBARQUER DANS UNE AFFAIRE MALHONNÊTE ?
SOLIS INCARNAIT POUR MOI TOUT CE QUI ÉTAIT MORAL, LOYAL, FONDAMENTALEMENT INTÈGRE. JE NE POUVAIS CONCEVOIR QU'IL AIT PLONGÉ DANS UN TRAFIC, QUEL QU'IL SOIT.
IL FAUT QUE JE DESCENDE À WASHINGTON. QUE JE DÉCOUVRE CE QUI S'EST PASSÉ DANS CET HÔTEL !
TIIT TIIT
HELLO GABRIELLE. J'AI PENSÉ QUE VOUS DEVIEZ SAVOIR QUE J'AI DÉCIDÉ DE ME PRÉSENTER COMME CANDIDATE AU POSTE DE DEAN. SI JE SUIS ÉLUE, L'ŒUVRE DE ROBERTO POURRA ÊTRE POURSUIVIE.
EXCELLENTE DÉCISION IRA. JE SUIS CONVAINCUE QUE PERSONNE NE SERAIT MIEUX PLACÉ POUR POURSUIVRE L'ŒUVRE DE ROBERTO.
QUI D'AUTRE POURRAIT PRÉTENDRE... ?
CHARLES MANDEVILLE. IL S'EST PRÉSENTÉ OFFICIELLEMENT. QUELQUE CHOSE ME DIT QUE SON AGENDA RISQUE D'ÊTRE TRÈS DIFFÉRENT DU MIEN.
MANDEVILLE ! IL FALLAIT S'Y ATTENDRE, APRÈS SA MAGNIFIQUE INTERVENTION, À L'ENTERREMENT. DEVANT LES SKULLS AND BONES !
QUELQUE CHOSE NE TOURNE PAS ROND, DANS CETTE AFFAIRE !
À L'AÉROPORT DE JFK, JE VOUS PRIE !
C'EST PARTI, MA PETITE DAME.
ENFIN, FAÇON DE PARLER. C'EST NEW YORK, ICI. ON EST PARTI, MAIS PAS ENCORE ARRIVÉ, HEIN ?
38

GABRIELLE CHEVALIER. C'EST ELLE !
Nick ASHLEY
laura TIEN
Padma LAKSDHI
Paul RICHARD
Mira MC CARLIGHT
Leslie WESTLEY
Gabrielle CHEVALIER
Franck CAM
George Bu
Ron HUBARD
ELLE CONNAISSAIT TROP BIEN LES LIEUX, ET LES HABITUDES DE SOLIS. J'ÉTAIS CERTAIN QUE C'ÉTAIT UNE ANCIENNE ÉTUDIANTE DE YALE !
D'APRÈS LA FICHE, ELLE TRAVAILLE AUJOURD'HUI À NEW YORK, DANS UNE FIRME D'AVOCATS. SHEARMAN, STERN & GOTTLIEB !
JE N'AIME PAS ÇA, ALEXANDER. IL FAUT PRÉVENIR NOTRE MAÎTRE !
PLUS TARD. IL Y A QUELQUES COMPTES QUE JE VAIS D'ABORD RÉGLER MOI-MÊME !
JE VOUS REMERCIE D'AVOIR ACCEPTÉ DE ME RENCONTRER AUSSI RAPIDEMENT.
OFFICIELLEMENT, NOUS SOMMES CENSÉS ÊTRE AMIS. PERSONNE NE DEVRAIT TROUVER ANORMAL QUE NOUS NOUS VOYIONS DE TEMPS EN TEMPS.
ET OFFICIEUSEMENT, VOUS ÊTES MON SEUL CONTACT AVEC L'AGENCE, MICHAEL.
JE VOUS ÉCOUTE.
SHEARMAN, STERN AND GOTTLIEB. JE SUIS MARY, L'ASSISTANTE DE GABRIELLE CHEVALIER. COMMENT PUIS-JE VOUS AIDER ?
JE SUIS UN DE SES ANCIENS AMIS, À YALE. JE... J'AI UN PROBLÈME LÉGAL... EUH... ASSEZ URGENT. GABRIELLE AVAIT INSISTÉ POUR QUE JE L'APPELLE, SI J'AVAIS UN JOUR BESOIN DE... SES SERVICES...
YALE. OUI, BIEN SÛR. JE COMPRENDS.
ÉCOUTEZ, JE SUPPOSE QUE, VU LES CIRCONSTANCES, SI C'EST URGENT... ELLE M'A LAISSÉ UNE ADRESSE À WASHINGTON. VOUS DEVRIEZ POUVOIR LA JOINDRE À L'HÔTEL HERITAGE !
39

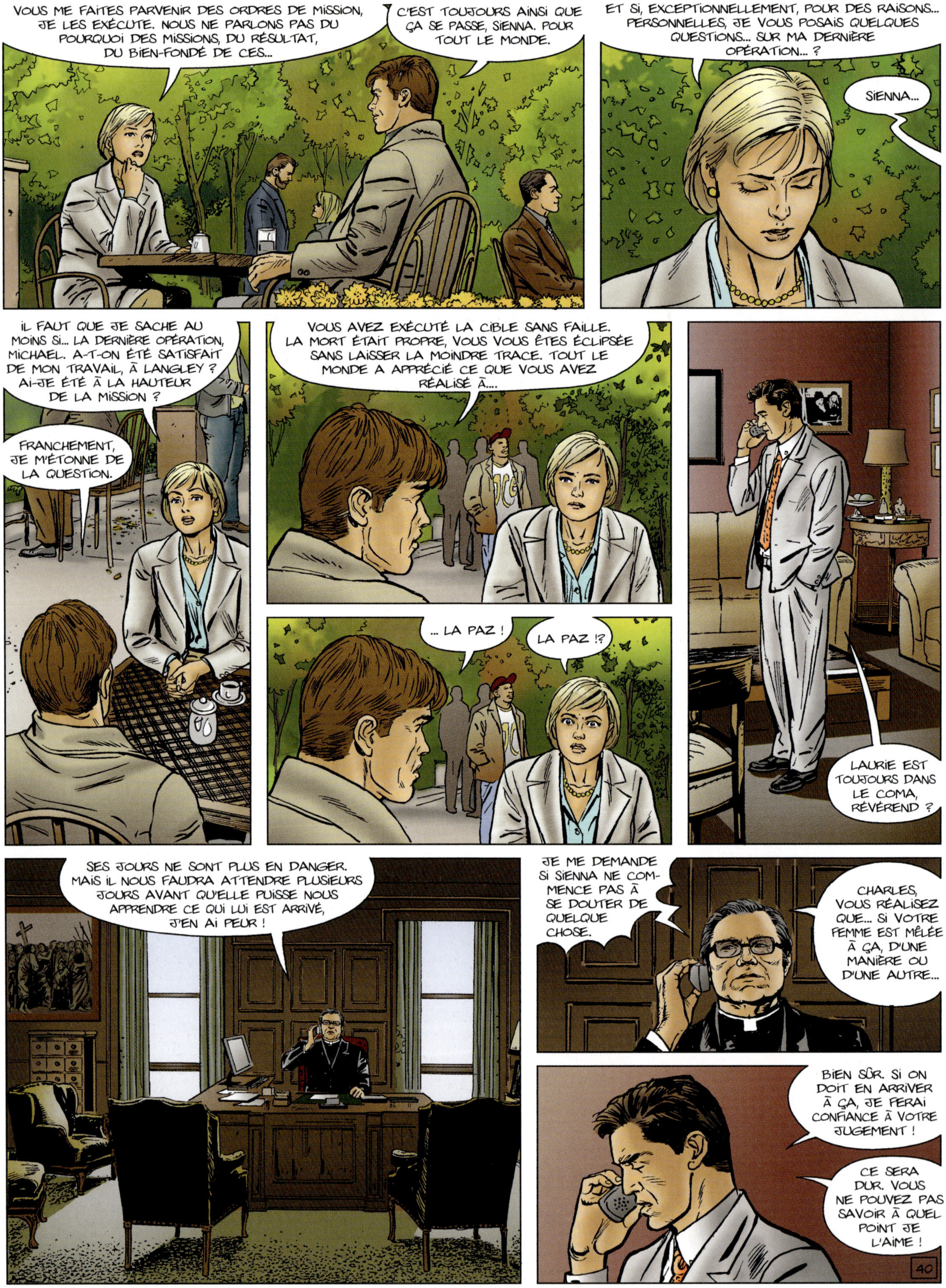
VOUS ME FAITES PARVENIR DES ORDRES DE MISSION, JE LES EXÉCUTE. NOUS NE PARLONS PAS DU POURQUOI DES MISSIONS, DU RÉSULTAT, DU BIEN-FONDÉ DE CES...
C'EST TOUJOURS AINSI QUE ÇA SE PASSE, SIENNA. POUR TOUT LE MONDE.
ET SI, EXCEPTIONNELLEMENT, POUR DES RAISONS... PERSONNELLES, JE VOUS POSAIS QUELQUES QUESTIONS... SUR MA DERNIÈRE OPÉRATION... ?
SIENNA...
IL FAUT QUE JE SACHE AU MOINS SI... LA DERNIÈRE OPÉRATION, MICHAEL. A-T-ON ÉTÉ SATISFAIT DE MON TRAVAIL, À LANGLEY ? AI-JE ÉTÉ À LA HAUTEUR DE LA MISSION ?
FRANCHEMENT, JE M'ÉTONNE DE LA QUESTION.
VOUS AVEZ EXÉCUTÉ LA CIBLE SANS FAILLE. LA MORT ÉTAIT PROPRE, VOUS VOUS ÊTES ÉCLIPSÉE SANS LAISSER LA MOINDRE TRACE. TOUT LE MONDE A APPRÉCIÉ CE QUE VOUS AVEZ RÉALISÉ À....
... LA PAZ !
LA PAZ !?
LAURIE EST TOUJOURS DANS LE COMA, RÉVÉREND ?
SES JOURS NE SONT PLUS EN DANGER. MAIS IL NOUS FAUDRA ATTENDRE PLUSIEURS JOURS AVANT QU'ELLE PUISSE NOUS APPRENDRE CE QUI LUI EST ARRIVÉ, J'EN AI PEUR !
JE ME DEMANDE SI SIENNA NE COMMENCE PAS À SE DOUTER DE QUELQUE CHOSE.
CHARLES, VOUS RÉALISEZ QUE... SI VOTRE FEMME EST MÊLÉE À ÇA, D'UNE MANIÈRE OU D'UNE AUTRE...
BIEN SÛR. SI ON DOIT EN ARRIVER À ÇA, JE FERAI CONFIANCE À VOTRE JUGEMENT !
CE SERA DUR. VOUS NE POUVEZ PAS SAVOIR À QUEL POINT JE L'AIME !
40

LA PAZ !
LA PAZ, C'ÉTAIT AVANT !
BRIDGE... N'EST PAS AU COURANT DE MA DERNIÈRE MISSION À WASHINGTON DC !
JE... JE ME SUIS FAIT PIÉGER COMME UNE DÉBUTANTE ! QUELQU'UN A DÉCOUVERT... QUE JE TRAVAILLE POUR LA CIA !
CE QUELQU'UN A COMPRIS COMMENT... JE RECEVAIS MES ORDRES DE MISSION.
IL S'ÉTAIT FAIT PASSER POUR MICHAEL BRIDGE. JE NE M'ÉTAIS RENDU COMPTE DE RIEN.
JE... J'AVAIS VRAIMENT CRU QU'ON M'AVAIT DONNÉ L'ORDRE D'EXÉCUTER UNE CIBLE À WASHINGTON...
QUI AI-JE EXÉCUTÉ ? MON DIEU ! FAITES QUE CE NE SOIT PAS... LUI !
HERITAGE HOTEL

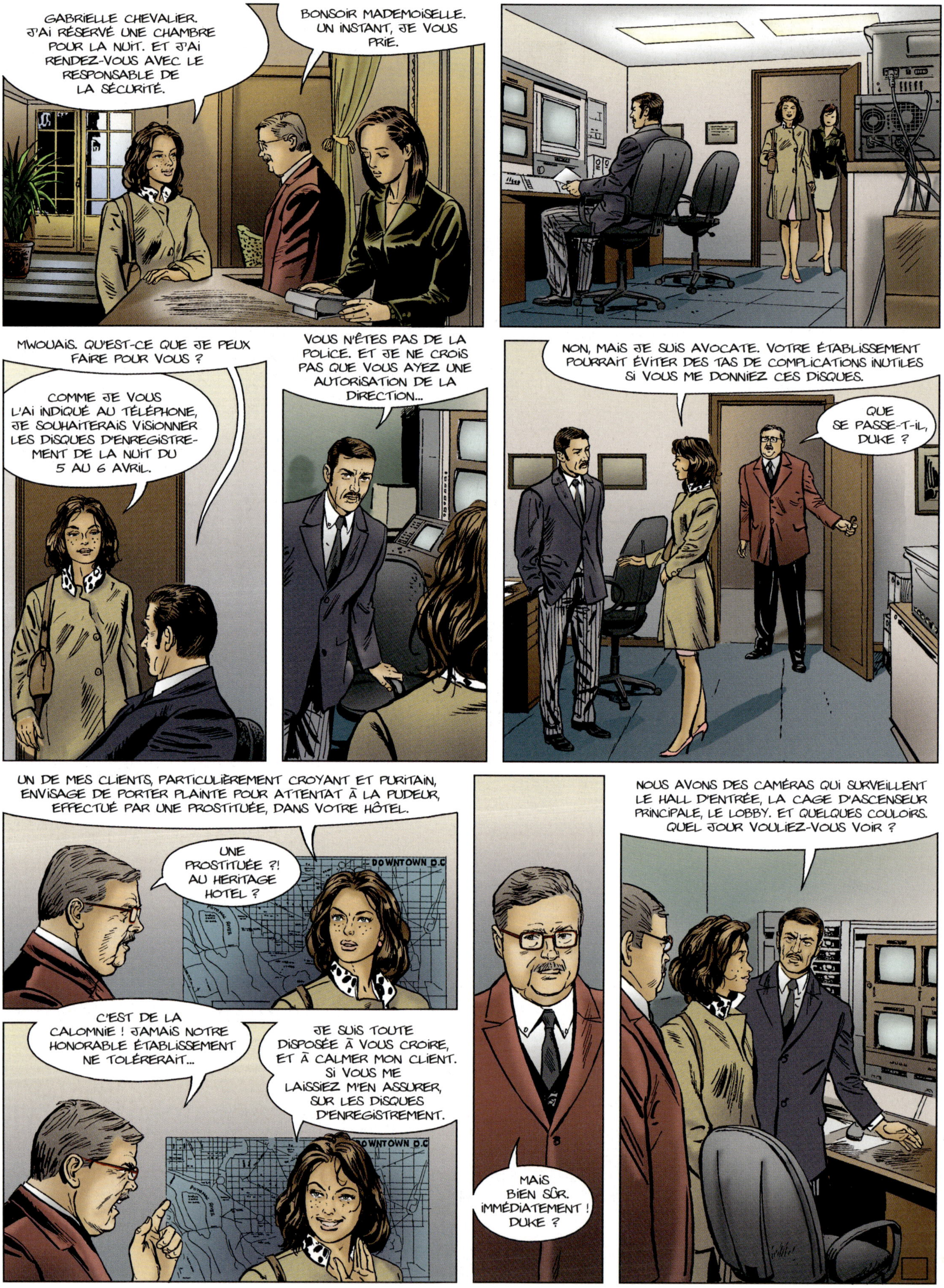
GABRIELLE CHEVALIER. J'AI RÉSERVÉ UNE CHAMBRE POUR LA NUIT. ET J'AI RENDEZ-VOUS AVEC LE RESPONSABLE DE LA SÉCURITÉ.
BONSOIR MADEMOISELLE. UN INSTANT, JE VOUS PRIE.
MWOUAIS. QU'EST-CE QUE JE PEUX FAIRE POUR VOUS ?
COMME JE VOUS L'AI INDIQUÉ AU TÉLÉPHONE, JE SOUHAITERAIS VISIONNER LES DISQUES D'ENREGISTREMENT DE LA NUIT DU 5 AU 6 AVRIL.
VOUS N'ÊTES PAS DE LA POLICE. ET JE NE CROIS PAS QUE VOUS AYEZ UNE AUTORISATION DE LA DIRECTION...
NON, MAIS JE SUIS AVOCATE. VOTRE ÉTABLISSEMENT POURRAIT ÉVITER DES TAS DE COMPLICATIONS INUTILES SI VOUS ME DONNIEZ CES DISQUES.
QUE SE PASSE-T-IL, DUKE ?
UN DE MES CLIENTS, PARTICULIÈREMENT CROYANT ET PURITAIN, ENVISAGE DE PORTER PLAINTE POUR ATTENTAT À LA PUDEUR, EFFECTUÉ PAR UNE PROSTITUÉE, DANS VOTRE HÔTEL.
UNE PROSTITUÉE ?! AU HERITAGE HOTEL ?
DOWNTOWN D.C
C'EST DE LA CALOMNIE ! JAMAIS NOTRE HONORABLE ÉTABLISSEMENT NE TOLÉRERAIT...
JE SUIS TOUTE DISPOSÉE À VOUS CROIRE, ET À CALMER MON CLIENT. SI VOUS ME LAISSIEZ M'EN ASSURER, SUR LES DISQUES D'ENREGISTREMENT.
DOWNTOWN D.C
MAIS BIEN SÛR. IMMÉDIATEMENT ! DUKE ?
NOUS AVONS DES CAMÉRAS QUI SURVEILLENT LE HALL D'ENTRÉE, LA CAGE D'ASCENSEUR PRINCIPALE, LE LOBBY. ET QUELQUES COULOIRS. QUEL JOUR VOULIEZ-VOUS VOIR ?

23:37:05 05/04/08
VOUS VOULEZ PASSER TOUTE LA NUIT DU 5 AU 6 AVRIL ? VOUS VOYEZ BIEN QU'IL N'Y A PAS LA MOINDRE PROSTITUÉE !
TROIS HEURES DU MATIN. ON VA ENFIN EN AVOIR LE COEUR NET...
JE VAIS CHERCHER UN PETIT CAFÉ, ÇA VA ME DÉGOURDIR LES JAMBES. VOUS EN VOULEZ UN ?
OUI, MERCI.
03:15:08 06/04/08
HÉ !?
03:18:56 06/04/08
03:19:01 06/04/08
SIENNA !
HERITAGE HOTEL
HERITAGE HOTEL
TAXI FARE
$2.00 Initial Charge
30¢ Per 1/5 Mile
20¢ Per Minute Stopped or Slow Traffic
50¢ Night Surcharge
HERITAGE HOTEL. C'EST ICI, BIEN SÛR. PARDONNEZ-MOI, ROBERTO. JE...

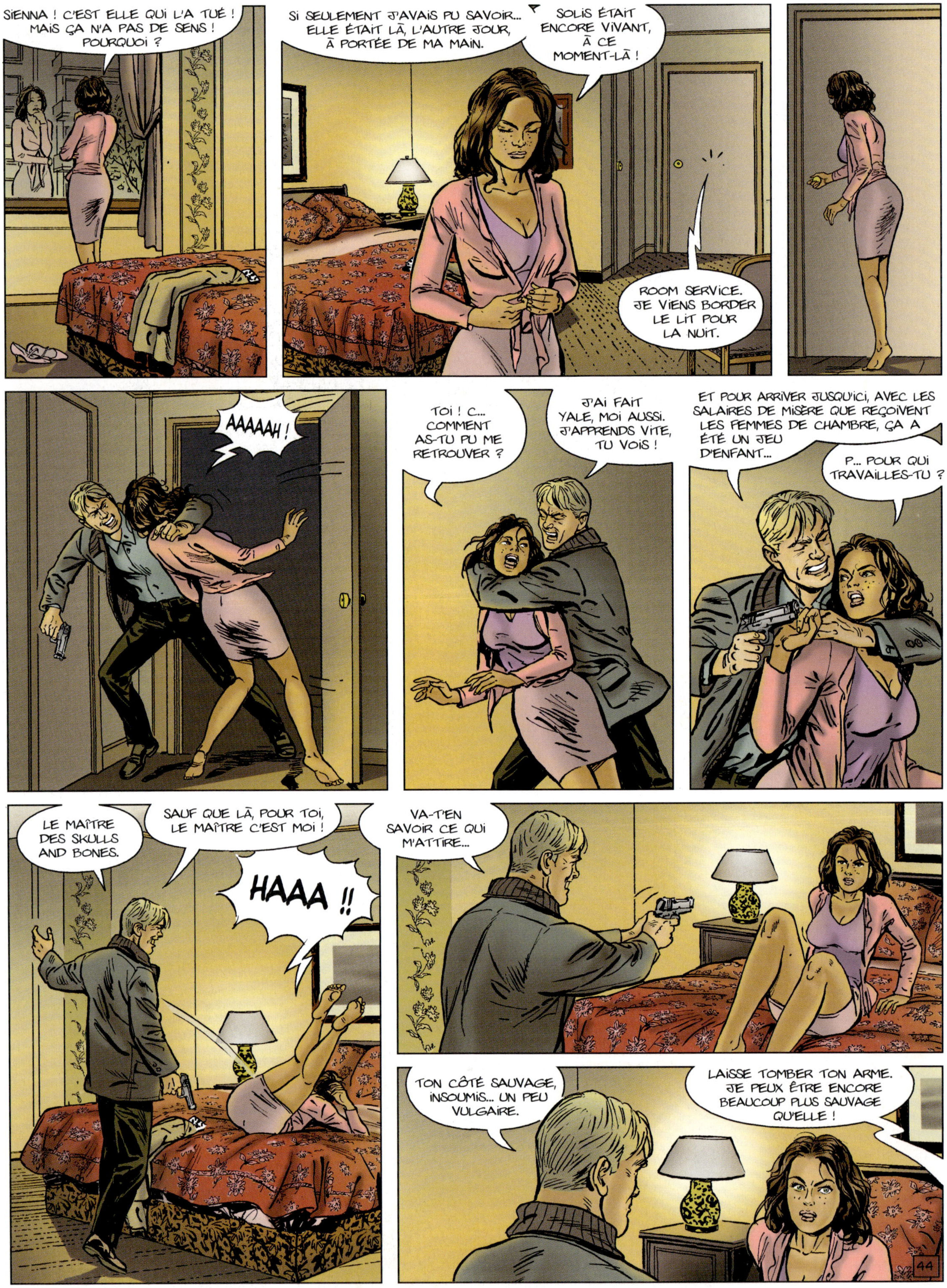
SIENNA ! C'EST ELLE QUI L'A TUÉ ! MAIS ÇA N'A PAS DE SENS ! POURQUOI ?
SI SEULEMENT J'AVAIS PU SAVOIR... ELLE ÉTAIT LÀ, L'AUTRE JOUR, À PORTÉE DE MA MAIN.
SOLIS ÉTAIT ENCORE VIVANT, À CE MOMENT-LÀ !
ROOM SERVICE. JE VIENS BORDER LE LIT POUR LA NUIT.
AAAAAH !
TOI ! C... COMMENT AS-TU PU ME RETROUVER ?
J'AI FAIT YALE, MOI AUSSI. J'APPRENDS VITE, TU VOIS !
ET POUR ARRIVER JUSQU'ICI, AVEC LES SALAIRES DE MISÈRE QUE REÇOIVENT LES FEMMES DE CHAMBRE, ÇA A ÉTÉ UN JEU D'ENFANT...
P... POUR QUI TRAVAILLES-TU ?
LE MAÎTRE DES SKULLS AND BONES.
SAUF QUE LÀ, POUR TOI, LE MAÎTRE C'EST MOI !
HAAA !!
VA-T'EN SAVOIR CE QUI M'ATTIRE...
TON CÔTÉ SAUVAGE, INSOUMIS... UN PEU VULGAIRE.
LAISSE TOMBER TON ARME. JE PEUX ÊTRE ENCORE BEAUCOUP PLUS SAUVAGE QU'ELLE !
44

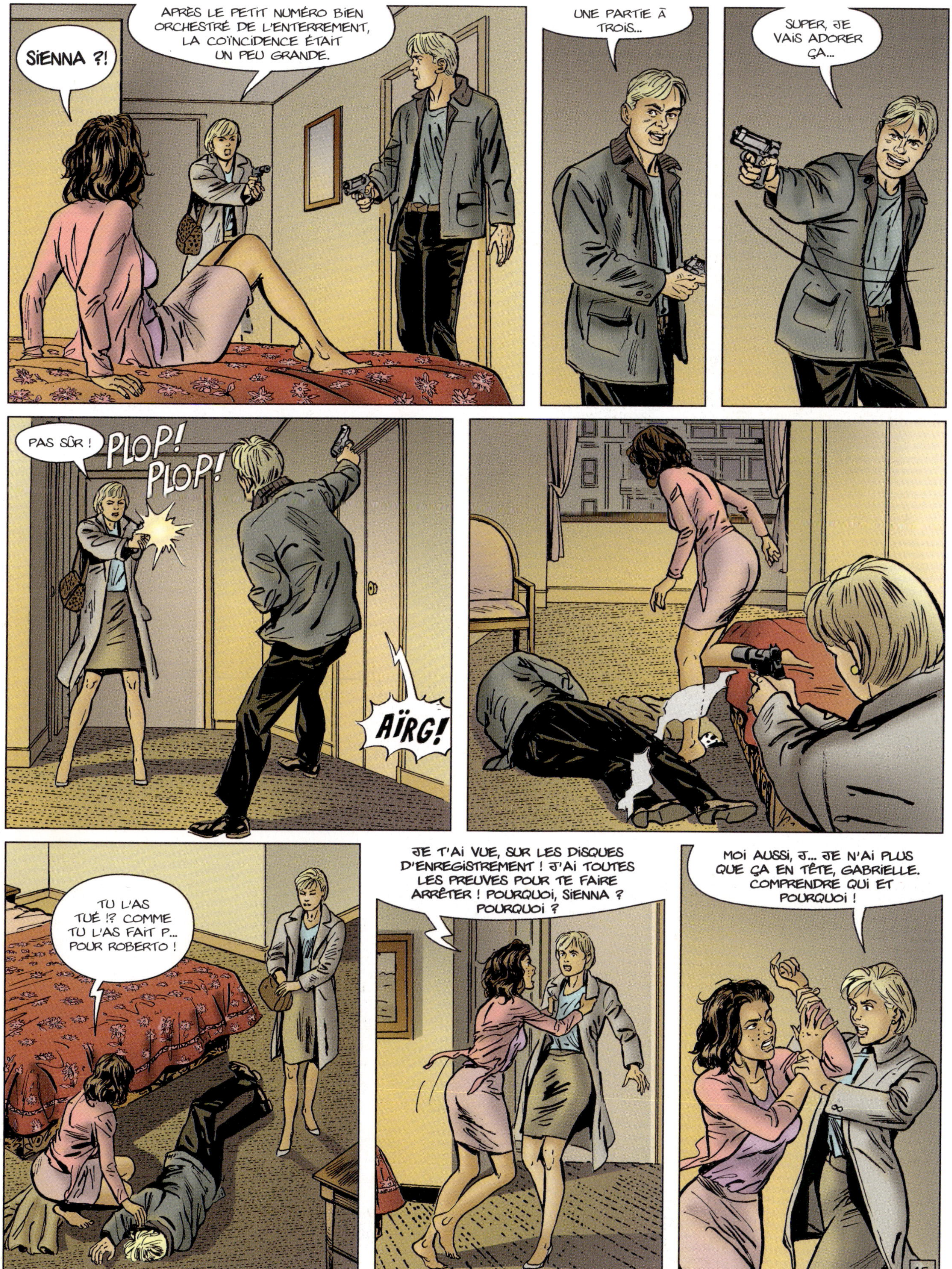
SiENNA ?!
APRÈS LE PETIT NUMÉRO BIEN ORCHESTRÉ DE L'ENTERREMENT, LA COÏNCIDENCE ÉTAIT UN PEU GRANDE.
UNE PARTIE À TROIS...
SUPER, JE VAIS ADORER ÇA...
PAS SÛR !
PLOP! PLOP!
AÏRG!
TU L'AS TUÉ !? COMME TU L'AS FAIT P... POUR ROBERTO !
JE T'AI VUE, SUR LES DISQUES D'ENREGISTREMENT ! J'AI TOUTES LES PREUVES POUR TE FAIRE ARRÊTER ! POURQUOI, SIENNA ? POURQUOI ?
MOI AUSSI, J... JE N'AI PLUS QUE ÇA EN TÊTE, GABRIELLE. COMPRENDRE QUI ET POURQUOI !
45

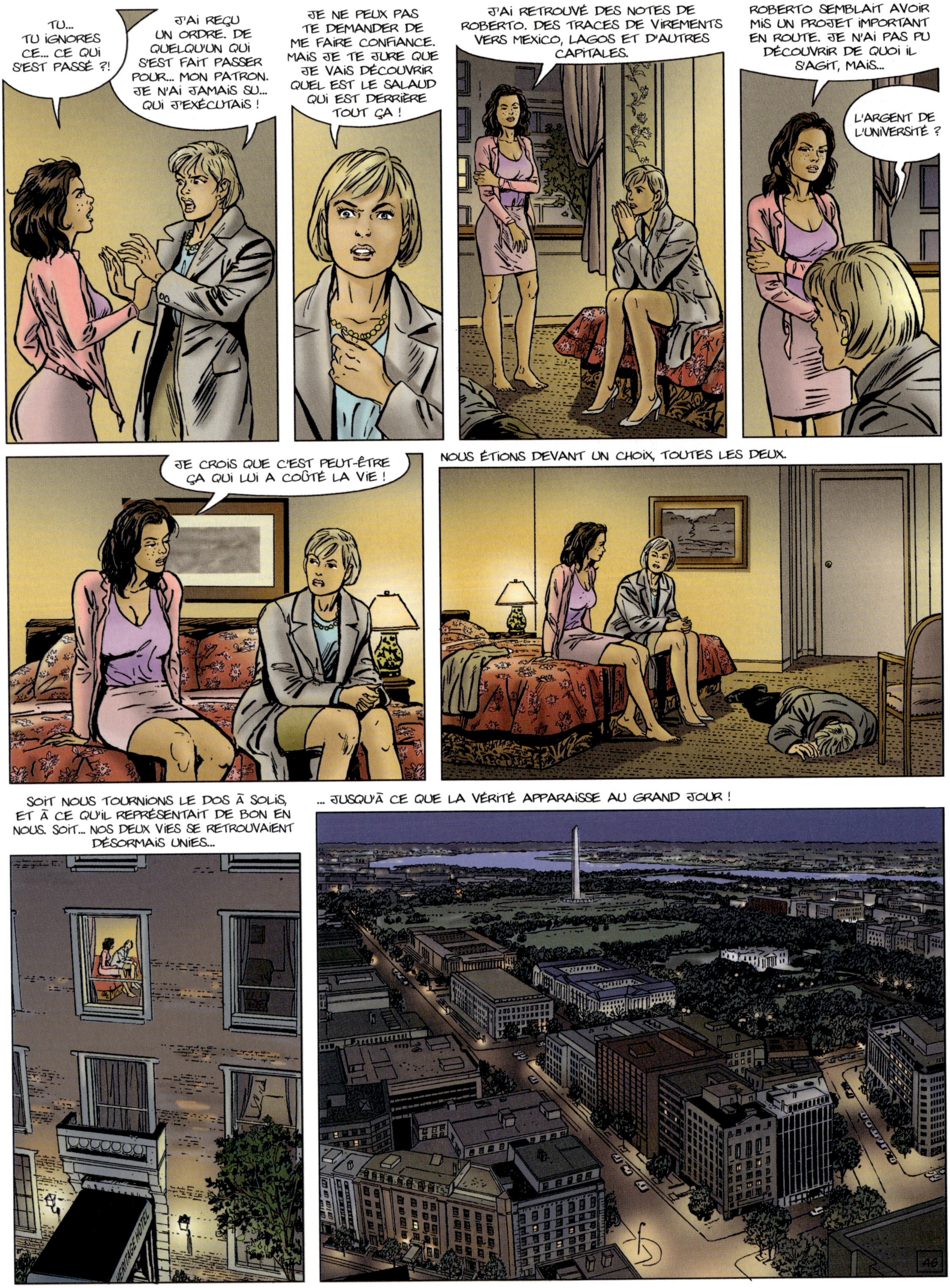
TU... TU IGNORES CE... CE QUI S'EST PASSÉ ?!
J'AI REÇU UN ORDRE. DE QUELQU'UN QUI S'EST FAIT PASSER POUR... MON PATRON. JE N'AI JAMAIS SU... QUI J'EXÉCUTAIS !
JE NE PEUX PAS TE DEMANDER DE ME FAIRE CONFIANCE. MAIS JE TE JURE QUE JE VAIS DÉCOUVRIR QUEL EST LE SALAUD QUI EST DERRIÈRE TOUT ÇA !
J'AI RETROUVÉ DES NOTES DE ROBERTO. DES TRACES DE VIREMENTS VERS MEXICO, LAGOS ET D'AUTRES CAPITALES.
ROBERTO SEMBLAIT AVOIR MIS UN PROJET IMPORTANT EN ROUTE. JE N'AI PAS PU DÉCOUVRIR DE QUOI IL S'AGIT, MAIS...
L'ARGENT DE L'UNIVERSITÉ ?
JE CROIS QUE C'EST PEUT-ÊTRE ÇA QUI LUI A COÛTÉ LA VIE !
NOUS ÉTIONS DEVANT UN CHOIX, TOUTES LES DEUX.
SOIT NOUS TOURNIONS LE DOS À SOLIS, ET À CE QU'IL REPRÉSENTAIT DE BON EN NOUS. SOIT... NOS DEUX VIES SE RETROUVAIENT DÉSORMAIS UNIES...
... JUSQU'À CE QUE LA VÉRITÉ APPARAISSE AU GRAND JOUR !
HERITAGE HOTEL
46

Le Vietnam lui a donné la mort pour regard...

CYCLE I COMPLET

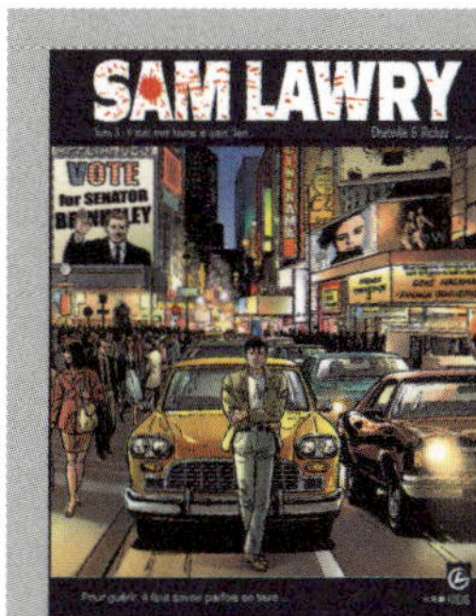

Pour guérir, il faut savoir parfois se taire...

CYCLE II COMPLET

En pleine guerre froide, ils étaient les yeux de l'Amérique...

CYCLE III ép. 1/2

Université de Yale...
Licence en crimes...

CYCLE I ép. 1/2

Personne ne sait où se trouve le Village, il n'a pas de nom, il n'existe pas...

Histoire complète